Le livre amoureux
du soir

Du même auteur

Romans

Une journée dans la vie d'Annie Moore,
Presses de la Renaissance, 1993.
Un animal à vif, Le Masque, 2001.
Autobiographie d'une tueuse, Flammarion, 2002.
Tout sur elle, Flammarion, 2003.
Ma psy, mon amant, Belfond, 2004 ; rééd. Léo Scheer, 2011.
Les Falaises du crime, Flammarion, 2004.
L'Amant de l'au-delà, Le Masque, 2005.
Fais-moi oublier, Flammarion, 2008.
À cause d'un baiser, Flammarion, 2012.
Andy, Plon, 2013.
Dis-moi oui, Flammarion, 2015.
Agatha Christie, le chapitre disparu, Flammarion, 2016.

Brigitte Kernel

Le livre amoureux du soir

PLON
www.plon.fr

12, avenue d'Italie
75013 Paris
Tél. : 01 44 16 09 00
Fax : 01 44 16 09 01
www.plon.fr

ISBN : 978-2-259-25124-2

À Corine.
À Anita sans laquelle ce livre n'aurait pas existé…
Aux auditeurs de France Inter avec lesquels
j'ai partagé tant de nuits radiophoniques.
À tous ceux qui ont fabriqué mes émissions sur France Inter,
réalisateurs, assistants, reporters, ingénieurs du son,
programmateurs musicaux ; nous avons passé
d'inoubliables moments ensemble.
À mes « maman et papa de radio », Ève Ruggieri qui m'a offert
ma première émission « Noir sur blanc », et José Artur
qui m'a donné ma chance au micro en ses années « Pop Club ».
Et… à Grégory Berthier-Gabrièle qui, lui aussi,
doit bien avoir des carnets Moleskine.

Prologue

Longtemps, très longtemps, j'ai partagé mes goûts littéraires avec les auditeurs de France Inter. « Lire avec », « Noctiluque », « Un été d'écrivains », « Noir sur blanc », « Pourvu qu'on ait l'ivresse », « Parentèle » et bien d'autres émissions. Ce furent, sur ces ondes, de forts instants de vie.

La lumière rouge qui s'allume, les mains des ingénieurs du son qui vont et viennent sur la console, l'équipe de production qui rit jusqu'au dernier instant, celui où l'on annonce « Antenne dans cinq secondes ! », les toutes premières fois au micro de jeunes écrivains, les auteurs plus à l'aise, funambules sur les ondes, le soir ou la nuit en direct, un thé non loin, la fatigue qui n'existe plus et le plaisir de partager ce que l'on a ressenti en découvrant tel roman, tel récit. Ainsi fut ma vie pendant presque trois décennies, des milliers d'heures partagées avec les auditeurs et avec les cinq mille écrivains reçus en studio.

Longtemps, très longtemps, je n'ai plus eu le temps, le loisir, de lire les classiques, ma vie était occupée par la littérature d'actualité.

Heureusement, il y avait l'été. Et donc la liberté.

Je volais alors du temps au temps, kidnappais les soirées pour lire ou relire de plus anciens ouvrages, ceux qu'on nomme les « incontournables », et d'autres un peu moins connus, de véritables pépites. J'étais avide, comme affamée.

Ainsi, il ne s'est pas passé un mois de juillet ou d'août sans que je me replonge dans un texte de Stefan Zweig, dans quelques pages de William Blake, sans que je furète dans le théâtre de Shakespeare ou dans, plus étonnant, *Le Livre des Tables* de Victor Hugo.

Souvent aussi, il m'arriva de revenir aux historiettes d'Ésope, de m'étonner une nouvelle fois de la manière dont La Fontaine l'avait plagié, de redécouvrir le *De Profundis* d'Oscar Wilde, le *Journal* de Jules Renard, *De la nature* de Lucrèce, de goûter aux *Poésies* de Michel-Ange.

Ces délices…

C'est là qu'entrent en scène les carnets Moleskine. En eux, je déposai alors tout ce que je glanais, non pas des citations connues ou des poèmes d'importance (ou seulement quelques-uns), mais des lignes, des quarts ou demi-pages plus étonnantes, moins entendues, pensées, méditations, observations que je ne connaissais pas ou peu.

Je notais, soulignais, que dis-je, volais, collectais des phrases, des paragraphes, des mots éblouissants, intrigants, troublants, émouvants, portant à la réflexion. Des lignes qui semblaient me revenir parce qu'elles répondaient à des sentiments, des doutes, des amusements que j'avais, dans ma vie, rencontrés mais que je n'aurais su transcrire.

Puis l'été laissait la place à l'automne et à la rentrée littéraire. L'actualité et ses bonheurs, ses surprises, reprenait ses droits tandis qu'entre les pages de mes carnets sommeillaient les extraits, les citations aimés…

Puis, un jour de juin, vint le temps de la dernière émission de radio, l'heure des adieux aux auditeurs.

Étrangement, sans même m'en apercevoir, du moins lors des premières nuits sans micro, je me rapprochai de ces calepins. Des soirs et des soirs, ce fut comme un refuge. Je lus, relus, de Lucrèce à Nietzsche, d'Oscar Wilde à Platon, de Maupassant à Flaubert, de Pierre Louÿs à Anaïs Nin, de Charles Cros à Baudelaire, de Rilke à Lou Andreas-Salomé, tous ces mots, ces paragraphes qui m'avaient éblouie.

Et la tristesse passa, la radio me manqua moins.

Voici ces extraits. Ils sont la nourriture d'une heure précise, celle que l'on peut nommer « le moment du coucher ».

La nuit fut ma vie, le soir l'est devenu avec ce livre amoureux…

Brigitte KERNEL

HIVER

Lire et relire, revenir en arrière, avancer de quelques pages en sautant des paragraphes, picorer ici et là, tandis que janvier se mue en février puis en mars, prolonger nos états d'âme, nos réflexions, nos doutes, nos espoirs tels des rêves éveillés, de Khalil Gibran à Épicure, de Maupassant à Rilke, Proust, de Léonard de Vinci à Einstein, nous voilà absorbés, soir après soir, tandis que la lumière gagne quelques minutes chaque jour, Noël étant déjà loin derrière nous. S'envoler vers « l'infini du rêve » évoqué par Victor Hugo[*1], s'imaginer « au-delà des mers, au bout des solitudes, dans un pays sans nom, où le soleil est plus chaud », et rouler dans l'azur, planer sur les monts, porter la graine des cèdres sur les montagnes avec Flaubert[2], rougir des rapports amoureux confiés dans *Vénus erotica* par Anaïs Nin. De réflexions graves et profondes en mots sautillants, surprenants ou amusants, chaque extrait de texte de nos grands auteurs est comme un trait d'union entre l'universel et nous. Les choisir fut un régal. Et plus encore puisque ce fut lors de ces mois, janvier, février, mars, que je les découvris ou les redécouvris.

---

* On trouvera les références bibliographiques en fin d'ouvrage.

1. Victor Hugo, *Choses vues.*

2. Gustave Flaubert, *La Tentation de saint Antoine.*

JANVIER

1er janvier

Un jour, à la croisée des chemins, un Poète pauvre rencontra un Imbécile riche, et ils se mirent à converser. Leur mécontentement se manifestait dans toutes leurs paroles. Puis l'Ange du chemin passa par là et posa ses mains sur l'épaule de chacun des deux hommes. Et il y eut un miracle : dès lors les deux hommes échangèrent leurs biens.
Et ils se séparèrent. Mais, chose curieuse, le Poète regarda ses mains et n'y trouva rien d'autre que du sable sec et mouvant ; et l'Imbécile ferma les yeux et ne ressentit rien d'autre qu'un nuage mouvant dans son cœur.

Khalil Gibran, « Les Grenades », in *Œuvres complètes.*

2 janvier

Si je vous dis que j'ai des chagrins énormes ; que jamais je n'ai connu pareil orage ; que j'ai besoin de solitude, vous ne me croirez pas. Mais si je vous dis que j'ai le nez rond, gros et rouge comme une pomme, et que dans ces cas-là, je ne vais même pas voir les hommes (à plus forte raison les femmes), vous me croirez.

Charles Baudelaire, *Lettre à Mme Sabatier*, 4 mars 1860.

3 janvier

J'aimerais te donner une joie que ne t'aurait donnée encore aucun autre. Je ne sais comment te la donner, et pourtant, cette joie, je la possède. Je voudrais m'adresser à toi plus intimement que ne l'a fait encore aucun autre. Je voudrais arriver à cette heure de nuit où tu auras successivement ouvert puis fermé bien des livres cherchant dans chacun d'eux plus qu'il ne t'avait encore révélé ; où tu attends encore ; où ta ferveur va devenir tristesse, de ne pas se sentir soutenue. Je n'écris que pour toi ; je ne t'écris que pour ces heures. Je voudrais écrire tel livre d'où toute pensée, toute émotion personnelle te semblât absente, où tu croirais ne voir que la projection de ta propre ferveur. Je voudrais m'approcher de toi et que tu *m'aimes*.

André Gide, *Les Nourritures terrestres.*

4 janvier

Une fille entra dans le café et s'assit, toute seule, à une table près de la vitre. Elle était très jolie, avec un visage aussi frais qu'un sou neuf, si toutefois l'on avait frappé la monnaie dans de la chair lisse recouverte d'une peau toute fraîche de pluie, et ses cheveux étaient noirs comme l'aile du corbeau et coupés net et en diagonale à hauteur de joue.

Je la regardai et cette vue me troubla et me mit dans un grand état d'agitation. Je souhaitai pouvoir mettre la fille dans ce conte ou dans un autre, mais elle s'était placée de telle façon qu'elle pût surveiller la rue et l'entrée du café, et je compris qu'elle attendait quelqu'un. De sorte que je me remis à écrire. Le conte que j'écrivais se faisait tout seul et j'avais même du mal à suivre le rythme qu'il m'imposait. Je commandai un autre rhum Saint-James et, chaque fois que je levais les yeux, je regardais la fille, notamment quand je taillais mon crayon avec un taille-crayon tandis que les copeaux bouclés tombaient dans la soucoupe placée sous mon verre.

Je t'ai vue, mignonne, et tu m'appartiens désormais, quel que soit celui que tu attends et même si je ne dois plus jamais te revoir, pensais-je. Tu m'appartiens et tout Paris m'appartient, et j'appartiens à ce cahier et à ce crayon.

Ernest Hemingway, *Paris est une fête*.

5 janvier

Ma condition humaine me fascine. Je sais mon existence limitée et j'ignore pourquoi je suis sur cette terre, mais parfois je le pressens. Par l'expérience quotidienne, concrète et intuitive, je me découvre vivant pour certains autres, parce que leur sourire et leur bonheur me conditionnent entièrement, mais aussi pour d'autres hommes dont, par hasard, j'ai découvert les émotions semblables aux miennes.

Albert Einstein, *Comment je vois le monde*.

6 janvier

Je me suis dévêtue pour monter à un arbre ; mes cuisses nues embrassaient l'écorce lisse et humide ; mes sandales marchaient sur les branches.

Tout en haut, mais encore sous les feuilles et à l'ombre de la chaleur je me suis mise à cheval sur une fourche écartée en balançant mes pieds dans le vide.

Il avait plu. Des gouttes d'eau tombaient et coulaient de ma peau. Mes mains étaient tachées de mousse, et mes orteils étaient rouges, à cause des fleurs écrasées.

Je sentais le bel arbre vivre quand le vent passait au travers ; alors je serrais mes jambes davantage et j'appliquais mes lèvres ouvertes sur la nuque chevelue d'un rameau.

Pierre Louÿs, « L'arbre », in *Les Chansons de Bilitis*.

7 janvier

Un jour, le rasoir sortit du manche qui lui servait de gaine et s'étant placé au soleil il vit l'astre se refléter sur lui. Il en tira grande gloire et réfléchissant à la chose se dit : « Retournerai-je à la boutique d'où je viens de sortir ? Certainement pas. Aux dieux ne plaise qu'aussi semblable beauté se transforme en une âme si vite ! Quelle folie serait celle qui me conduirait à raser les barbes savonnées de vilains rustres et d'accomplir une occupation aussi mécanique ? Ce corps est-il fait pour un tel exercice ? Certes, non. Je vais me cacher dans quelque endroit sec et là passer ma vie tranquillement. »
Après s'être caché quelques mois, le rasoir revint, un jour, à l'air. Sorti de sa gaine, il se vit semblable à une scie rouillée et sa surface ne réverbérait plus la splendeur du soleil.
En proie à un vain repentir, il pleura son irréparable infortune disant :
« Oh, comme il valait mieux laisser le barbier faire usage de mon tranchant, maintenant perdu d'une si rare finesse ! Où est l'éclat de ma surface ? Hélas, la fastidieuse et horrible rouille l'a consumé. »
Il en est ainsi des esprits qui, au lieu de s'exercer, se vouent à l'oisiveté, tel le rasoir, ils perdent leur tranchant subtil et la rouille de l'ignorance gâte leur forme.

Léonard de Vinci, « La rouille de l'ignorance », in *Carnets.*

8 janvier

Mon cher ami,

Je pars demain pour un voyage en mer – île d'Elbe, Corse et côte italienne. Je vous réponds donc tout de suite. Vous me demandez si je sais un remède à l'ennui de vivre – non. Si, j'en sais un abominable : la blague. Moi, aujourd'hui, je prends tout à la blague, sauf certaines émotions professionnelles. J'ai parfois de courtes, bizarres et violentes révélations de la beauté, d'une beauté inconnue, insaisissable, à peine révélée par certaines idées, certains mots, certains spectacles, certaines colorations du monde à certaines secondes qui font de moi une machine à vibrer, à sentir et à jouir, délicieusement frémissante. Je ne peux pas communiquer cela, ni l'exprimer, ni l'écrire, ni le dire. Je le garde. Je n'ai pas d'autre raison d'être, de continuer à être, et à écouter, et à débiter et à répéter les inepties dont se compose l'existence. Quant aux idées, qui sont pour beaucoup d'hommes, pour les meilleurs, la raison d'être, je trouve que les plus fortes ne vont pas loin, que les plus compliquées sont visibles à faire désespérer d'intelligence humaine, que les plus profondes, quand on y a réfléchi cinq minutes, sont pitoyables.

Lettre de Guy de Maupassant à Jean Bourdeau, 1889.

9 janvier

Ce que vous voulez, n'est-ce pas d'être tellement unis ensemble que ni jour ni nuit vous ne soyez jamais l'un sans l'autre ? Si c'est là ce que vous désirez, je vais vous fondre, et vous mêler de telle façon que vous ne serez plus deux personnes, mais une seule et que, tant que vous vivrez, vous vivrez d'une vie unique, et que, quand vous serez morts, là aussi dans le séjour des ombres, vous ne serez pas deux, mais un seul.

Platon, *Le Banquet*, in *Œuvres de Platon.*

10 janvier

« Dites-moi, mon cher, pourquoi lorsque nous voulons raconter quelque chose d'effrayant, de mystérieux et de fantastique, en prenons-nous le sujet non dans la vie, mais infailliblement dans le monde des fantômes et des ombres de l'au-delà ?
— Ce qui est effrayant, c'est ce qui est incompréhensible.
— Mais la vie nous est-elle compréhensible ? Dites-moi : la comprenez-vous ? »

Anton Tchekhov, « La peur »,
in *Récit d'un inconnu et autres nouvelles.*

11 janvier

Par une froide journée d'hiver un troupeau de porcs-épics s'était mis en groupe serré pour se garantir mutuellement contre la gelée par leur propre chaleur. Mais tout aussitôt ils ressentirent les atteintes de leurs piquants, ce qui les fit s'écarter les uns des autres. Quand le besoin de se réchauffer les eut rapprochés de nouveau, le même inconvénient se renouvela, de sorte qu'ils étaient ballottés de çà et de là entre les deux maux jusqu'à ce qu'ils eussent fini par trouver une distance moyenne qui leur rendît la situation supportable. Ainsi, le besoin de société, né du vide et de la monotonie de leur vie intérieure, pousse les hommes les uns vers les autres ; mais leurs nombreuses manières d'être antipathiques et leurs insupportables défauts les dispersent de nouveau. La distance moyenne qu'ils finissent par découvrir et à laquelle la vie en commun devient possible, c'est la politesse et les belles manières. En Angleterre on crie à celui qui ne se tient pas à cette distance : *Keep your distance !* Par ce moyen le besoin de se réchauffer n'est, à la vérité, satisfait qu'à moitié, mais, en revanche, on ne ressent pas la blessure des piquants. Cependant celui qui possède assez de chaleur intérieure propre préfère rester en dehors de la société pour ne pas éprouver de désagréments, ni en causer.

Arthur Schopenhauer, *Aphorismes sur la sagesse dans la vie.*

12 janvier

Tu dors en croyant que mes vers
Vont encombrer tout l'univers
De désastres et d'incendies ;
Elles sont si rares pourtant
Mes chansons au soleil couchant
Et mes lointaines mélodies.

Mais si je dérange parfois
La sérénité des cieux froids,
Si des sons d'acier ou de cuivre
Ou d'or, vibrent dans mes chansons,
Pardonne ces hautes façons,
C'est que je me hâte de vivre.

Et puis tu m'aimeras toujours.
Éternelles sont les amours
Dont ma mémoire est le repaire ;
Nos enfants seront de fiers gars
Qui répareront les dégâts,
Que dans ta vie a faits leur père.

Ils dorment sans rêver à rien,
Dans le nuage aérien
Des cheveux sur leurs fines têtes ;
Et toi, près d'eux, tu dors aussi,
Ayant oublié le souci
De tout travail, de toutes dettes.

Moi je veille et je fais ces vers
Qui laisseront tout l'univers
Sans désastre et sans incendie ;
Et demain, au soleil montant
Tu souriras en écoutant
Cette tranquille mélodie.

Charles Cros, « À ma femme endormie »,
in *Le Collier de griffes*.

13 janvier

Un bonheur calme où l'emporte un sentiment de sécurité n'a de sens que l'apaisement de la longue souffrance qui l'a précédé. Car il y a, pour les amants, plus de chance de ne pouvoir longuement se rencontrer que de jouir d'une contemplation éperdue de la continuité intime qui les unit.

Georges Bataille, *L'Érotisme*.

14 janvier

Je suis là, j'ai deux chaises dans ma chambre, un lit de bois, un tas de papiers sur ma table, l'éternel frisson du vent dans ma vitre, et quatre fleurs dans mon jardin que vient becqueter la poule de Catherine pendant que Chougna, ma chienne, fouille l'herbe et cherche des taupes.
Je vis, je suis, je contemple. Dieu à un pôle, la nature à l'autre, l'humanité au milieu. Chaque jour m'apporte un nouveau firmament d'idées. L'infini du rêve se déroule devant mon esprit, et je passe en revue les constellations de la pensée.

Victor Hugo, *Choses vues.*

15 janvier

Un homme, ayant pénétré chez un éleveur d'abeilles, en son absence, avait dérobé miel et rayons. À son retour, l'éleveur, voyant les ruches vides, s'arrêta à les examiner. Mais les abeilles, revenant de picorer et le trouvant là, le piquèrent de leurs aiguillons et le maltraitèrent terriblement. « Méchantes bêtes, leur dit-il, vous avez laissé partir impunément celui qui a volé vos rayons, et moi qui vous soigne, vous me frappez impitoyablement ! »
Il arrive assez souvent ainsi que par ignorance on ne se méfie pas de ses ennemis, et qu'on repousse ses amis, les tenant pour suspects.

Ésope, « L'éleveur d'abeilles », in *Fables*.

16 janvier

Alcibiade avait un chien d'une taille et d'une beauté admirables, qu'il avait acheté soixante-dix mines. Il lui coupa la queue, qui était magnifique. Ses amis le blâmaient : tout le monde, disaient-ils, le déchirait et le bafouait à propos de ce chien. « C'est justement ce que je veux ! répondit-il en riant. Comme cela on ne dira rien de plus grave sur mon compte. »

Plutarque, « Le Chien », in *Œuvres complètes de Plutarque.*

17 janvier

On ne peut être *vraiment soi* qu'aussi longtemps qu'on est seul ; qui n'aime donc pas la solitude n'aime pas la liberté, car on n'est libre qu'en étant seul. Toute société a pour compagne inséparable la contrainte et réclame des sacrifices qui coûtent d'autant plus cher que la propre individualité est plus marquante. Par conséquent, chacun fuira, supportera ou chérira la solitude en proportion exacte de la valeur de son propre moi. Car c'est là que le mesquin sent toute sa mesquinerie et le grand esprit toute sa grandeur ; bref, chacun pèse à sa vraie valeur.

Arthur Schopenhauer, *Aphorismes sur la sagesse dans la vie.*

18 janvier

Vous êtes si jeune, vous êtes encore en deçà du seuil et je voudrais vous demander, cher monsieur, de toutes mes forces de garder patience envers tout ce qui n'est pas encore dénoué à l'intérieur de votre cœur et d'essayez d'aimer les questions mêmes que vous posez comme des chambres closes et comme des livres écrits dans une langue qui vous est étrangère. Ne recherchez pas les réponses qu'on ne peut pas vous faire, parce que vous ne seriez pas capable de les vivre. Et c'est de tout vivre qu'il s'agit. Pour l'instant, vivez les questions. Peut-être, un jour lointain, entrerez-vous ainsi, peu à peu, sans l'avoir remarqué, à l'intérieur de la réponse.

Rainer Maria Rilke, *Lettres à un jeune poète.*

19 janvier

Et que dire des mains ? Avec elles, nous demandons, nous promettons, nous appelons, nous congédions, nous menaçons, nous prions, nous supplions, nous nions, nous refusons, nous confessons, nous nous repentons, nous craignons, nous avons honte, nous doutons, nous instruisons, nous commandons, nous incitons, nous encourageons, nous jurons, nous témoignons, nous accusons, nous condamnons, nous absolvons, nous injurions, nous méprisons, nous défions, nous nous fâchons, nous flattons, nous applaudissons [...].

Michel de Montaigne, *Apologie de Raimond Sebond.*

20 janvier

Si tu peux voir détruit l'ouvrage de ta vie
Et sans dire un seul mot te mettre à rebâtir,
Ou perdre d'un seul coup le gain de cent parties
Sans un geste et sans un soupir ;
Si tu peux être amant sans être fou d'amour,
Si tu peux être fort sans cesser d'être tendre
Et, te sentant haï, sans haïr à ton tour,
Pourtant lutter et te défendre ;

Si tu peux supporter d'entendre tes paroles
Travesties par des gueux pour exciter des sots,
Et d'entendre mentir sur toi leurs bouches folles
Sans mentir toi-même d'un seul mot ;
Si tu peux rester digne en étant populaire,
Si tu peux rester peuple en conseillant les rois
Et si tu peux aimer tous tes amis en frère
Sans qu'aucun d'eux soit tout pour toi ;

Si tu sais méditer, observer et connaître
Sans jamais devenir sceptique ou destructeur,
Rêver, mais sans laisser le rêve être ton maître,
Penser sans n'être qu'un penseur ;
Si tu peux être dur sans jamais être en rage,
Si tu peux être brave et jamais imprudent,
Si tu sais être bon, si tu sais être sage
Sans être moral ni pédant ;

Si tu peux rencontrer Triomphe après Défaite
Et recevoir ces deux menteurs d'un même front,
Si tu peux conserver ton courage et ta tête
Quand tous les autres les perdront,
Alors les Rois, les Dieux, la Chance et la Victoire
Seront à tout jamais tes esclaves soumis
Et, ce qui vaut bien mieux que les Rois et la Gloire,
Tu seras un homme, mon fils.

Rudyard Kipling, *Si.*

21 janvier

Est comique tout arrangement d'actes et d'événements qui nous donne, insérées l'une dans l'autre, l'illusion de la vie et la sensation nette d'un agencement mécanique.

Henri Bergson, « Le comique de situation », in *Le Rire*.

22 janvier

22 janvier 1854 (ici Charles et Guérin tiennent la table.)
— Shakespeare avait raison de vous dire : le doute est au fond de toutes les œuvres humaines. Oui, Don Juan, c'est le doute. Oui, Hamlet, c'est le doute. Vous n'avez pas compris le plus grand sens de ces trois figures. Voulez-vous le savoir en un mot ? La lutte de Don Juan avec la statue, la lutte d'Hamlet avec l'ombre, la lutte de Don Quichotte avec les fantômes, c'est la même lutte, c'est le combat invisible, c'est le pugilat du corps et de l'âme, c'est le duel de la chair avec l'esprit, c'est le sombre champ clos du doute, c'est la lutte éternelle de Jacob avec l'ange.

Victor Hugo, *Le Livre des Tables. Les séances spirites de Jersey.*

23 janvier

C'était un de ces rêves qui, tout en offrant le décor caractéristique du rêve, permettent et prolongent l'activité de l'intelligence. Au cours de tels rêves, on prend conscience de faits et d'idées qui gardent leur valeur quand on est réveillé.

George Orwell, *1984*.

24 janvier

J'éprouve du plaisir à ce que quelqu'un lise ici, à ma place. Peut-être n'arriverez-vous pas à le comprendre, ce plaisir. Je vous l'ai déjà dit : tout ceci est mon monde, c'est un réconfort pour moi que de savoir qu'il n'est pas désert, que quelqu'un vit dedans, voilà. Je vous entendrai tourner les pages, j'écouterai votre silence attentif, je vous demanderai de temps à autre ce que vous lisez et vous me direz… Oh, le moindre mot suffira… ma mémoire vous suivra…

Luigi Pirandello, « Monde de papier »,
in *Nouvelles pour une année*.

25 janvier

Elle poussa un cri, comme s'il venait de l'assassiner. Elle était sur le dos. Le Basque se releva, ivre, brûlant ; sa verge toujours en érection, rouge, enflammée. Les habits en désordre de l'étrangère l'excitèrent. Il ne pouvait pas voir son visage qui était caché par sa jupe relevée. L'homme était couché sur Viviane et lui faisait l'amour. La femme était étendue sur eux, les jambes en l'air. Le Basque la fit descendre par les jambes pour la prendre. Mais elle cria et se releva. Elle dit : « Je voulais seulement regarder. » Elle arrangea ses vêtements. L'homme abandonna Viviane. Tout échevelés, ils saluèrent cérémonieusement et quittèrent la pièce.

Anaïs Nin, *Vénus erotica.*

26 janvier

« Mais alors, pensa Alice, est-ce que j'aurai toujours l'âge que j'ai aujourd'hui ? D'un côté ce serait bien réconfortant de ne jamais devenir une vieille femme… mais d'un autre côté, avoir des leçons à apprendre pendant toute ma vie !… Oh ! Je n'aimerais pas cela du tout ! »

Lewis Carroll, *De l'autre côté du miroir.*

27 janvier

Un jour le chat rencontra messire le renard au fond d'un bois, et comme il le connaissait pour un personnage adroit, expérimenté, et fort en crédit dans le monde, il l'aborda avec une grande politesse :

— Bonjour, monsieur le renard, lui dit-il ; comment vous portez-vous ? Êtes-vous content de vos affaires ? Comment faites-vous dans ce temps de disette ?

Le renard, tout gonflé d'orgueil, toisa de la tête aux pieds le pauvre chat, et sembla se demander pendant quelques instants s'il daignerait l'honorer d'une réponse. Il s'y décida pourtant à la fin :

— Pauvre hère que tu es ! répliqua-t-il d'un ton de mépris, misérable meurt-de-faim, infime et ridicule chasseur de souris, d'où te vient aujourd'hui tant d'audace ? Tu oses te faire l'honneur de me demander comment je me porte ? Mais pour te permettre de me questionner, quelles sont donc les connaissances que tu possèdes ? De combien d'arts connais-tu les secrets ?

— Je n'en connais qu'un seul, répondit le chat d'un air modeste et confus.

— Et quel est cet art ? demanda le renard avec arrogance.

— Quand les chiens sont à ma poursuite, repartit le chat, je sais leur échapper en grimpant sur un arbre.

— Est-ce là tout ? reprit le renard. Moi, je suis passé docteur en cent arts divers ; mais ce n'est rien encore : je possède en outre un sac tout rempli de ruses. En vérité, j'ai compassion de toi ; suis-moi, et je t'apprendrai comment on échappe aux chiens.

Comme il achevait ces mots, un chasseur, précédé de quatre dogues vigoureux, parut au bout du sentier. Le chat s'empressa de sauter sur un arbre, et alla se fourrer dans les branches les plus touffues, si bien qu'il était entièrement caché.
— Hâtez-vous de délier votre sac ! Hâtez-vous d'ouvrir votre sac ! cria-t-il au renard.
Mais déjà les chiens s'étaient précipités sur ce dernier, et le tenaient entre leurs crocs.
— Eh ! Monsieur le renard, cria de nouveau le chat, vous voilà bien embourbé avec vos cent arts divers ! Si vous n'aviez su que grimper comme moi, vous seriez en ce moment un peu plus à votre aise.

Les frères Grimm, « Le renard et le chat », in *Contes choisis.*

28 janvier

Tous ces souhaits et tous ces vœux, floraison de janvier, ce ne sont que des signes ; soit. Mais les signes importent beaucoup. Les hommes ont vécu pendant des siècles d'après des signes comme si tout l'univers, par les nuages, la foudre et les oiseaux, leur souhaitait bonne chasse ou mauvais voyage. Or, l'univers n'annonce qu'une certaine chose après une autre ; et l'erreur était seulement d'interpréter ce monde comme un visage qui aurait approuvé ou blâmé. Nous sommes à peu près guéris de nous demander si l'univers a une opinion, et laquelle. Mais nous ne serons jamais guéris, parce que cette opinion, dès qu'elle est signifiée, change profondément la nôtre.

Alain, *Propos sur le bonheur.*

29 janvier

Vous êtes si gracieuse que je ne peux vous voir couchée, comme les autres femmes, dans un lit ; je m'imagine que vous dormez sur une branche.

Jules Renard, *Journal,* 8 janvier 1896.

30 janvier

Le progrès ? Mais jusqu'à quand ? Et si, jusqu'au bout de la planète, la progression en avant n'était que – marche vers le trou ?

Marina Tsvetaïeva, *Le Poète et le Temps.*

31 janvier

Ami Z, tu m'es présent en cette solitude.
Quand le ciel, mon problème, et l'homme, mon étude,
Quand le travail, ce maître auguste et sérieux,
Quand les songes sereins, profonds, impérieux,
Qui tiennent jour et nuit ma pensée en extase,
Me laissent, dans cette ombre où Dieu souffle et m'embrase,
Un instant dont je puis faire ce que je veux,
Je me tourne vers toi, penseur aux blancs cheveux,
Vers toi, l'homme qu'on aime et l'homme qu'on révère,
Poète souriant, historien sévère !
Je repasse, bonheur pourtant bien incomplet,
Par tous les doux sentiers d'un souvenir qui plaît.
Ton Henri, – ton fils Pierre, ami de mon fils Charles,
– Et ta femme, – ange heureux qui rêve quand tu parles,
Je me rappelle tout : ton salon, tes discours,
Et nos longs entretiens qui font les soirs si courts,
Ton vénérable amour que jamais rien n'émousse
Pour toute belle chose et toute chose douce !
Maint poème charmant que nous disait ta voix
M'apparaît… – Mon esprit, admirant à la fois
Tant de jours sur ton front, tant de grâce en ton style,
Croit voir un patriarche au milieu d'une idylle !

Ainsi tu n'es jamais loin de mon âme, et puis
Tout me parle de toi dans ces champs où je suis ;
Je compare, en mon cœur que ton ombre accompagne,
Ta verte poésie et la fraîche campagne ;

Je t'évoque partout ; il me semble souvent
Que je vais te trouver dans quelque coin rêvant,
Et que, dans le bois sombre ouvrant ses ailes blanches,
Ton vers jeune et vivant chante au milieu des branches.
Je m'attends à te voir sous un arbre endormi.
Je dis : où donc est-il ? et je m'écrie : – Ami,
Que tu sois dans les champs, que tu sois à la ville,
Salut ! bois un lait pur, bénis Dieu, lis Virgile !
Que le ciel rayonnant, où Dieu met sa clarté,
Te verse au cœur la joie et la sérénité !

Qu'il fasse à tout passant ta demeure sacrée !
Qu'autour de ta vieillesse aimable et vénérée,
Il accroisse, tenant tout ce qu'il t'a promis,
Ta famille d'enfants, ta famille d'amis !
Que le sourire heureux te soit toujours facile !
Doux vieillard ! noble esprit ! sage tendre et tranquille !

Victor Hugo, « Ami Z », in *Dernière Gerbe*.

FÉVRIER

1er février

Dans une seule pensée de créateur revivent des milliers de nuits d'amour oubliées, qui lui confèrent hauteur et noblesse. Et celles qui se réunissent pendant les nuits et s'impliquent dans le bercement d'une volupté accomplissent une œuvre grave et amassent des douceurs, de la profondeur et de la force pour le chant d'un poète futur, qui se lèvera pour exprimer des délices infinis.

Rainer Maria Rilke, *Lettres à un jeune poète.*

2 février

Un oiseau en cage au printemps sait fortement bien qu'il y a quelque chose à quoi il serait bon, il sent fortement bien qu'il y a quelque chose à faire, mais il ne peut le faire, qu'est-ce que c'est ? Il ne se le rappelle pas bien, puis il a des idées vagues, et se dit « les autres font leurs nids et font leurs petits et élèvent la couvée », puis il se cogne le crâne contre les barreaux de la cage. Et puis la cage reste là et l'oiseau est fou de douleur.
« Voilà un fainéant », dit un autre oiseau qui passe, celui-là c'est une espèce de rentier. Pourtant le prisonnier vit et ne meurt pas, rien ne transparaît en dehors de ce qui se passe en dedans, il se porte bien, il est plus ou moins gai au rayon de soleil. Mais vient la saison des migrations. Accès de mélancolie, mais disent les enfants qui le soignent dans sa cage, il a pourtant tout ce qu'il lui faut – mais lui de regarder au-dehors le ciel gonflé, chargé d'orage, et de sentir la révolte contre la fatalité en dedans de soi. « Je suis en cage, je suis en cage, et il ne me manque rien, imbéciles ! J'ai tout ce qu'il me faut, moi ! Ah, de grâce, la liberté, être un oiseau comme les autres oiseaux ! »

Vincent van Gogh, Anvers, novembre 1885,
in *Lettres à son frère Théo.*

3 février

Lorsque Zarathoustra eut atteint sa trentième année, il quitta sa patrie et le lac de sa patrie et s'en alla dans la montagne. Là il jouit de son esprit et de sa solitude et ne s'en lassa point durant dix années. Mais enfin son cœur se transforma, – et un matin, se levant avec l'aurore, il s'avança devant le soleil et lui parla ainsi : « Ô grand astre ! Quel serait ton bonheur, si tu n'avais pas ceux que tu éclaires ? »

Friedrich Nietzsche, *Ainsi parlait Zarathoustra*.

4 février

Le plaisir est le commencement et la fin de toute vie heureuse. C'est lui en effet que nous avons reconnu comme bien principal et conforme à notre nature, c'est de lui que nous partons pour déterminer ce qu'il faut choisir et ce qu'il faut éviter, et c'est à lui que nous avons finalement recours lorsque nous nous servons de la sensation comme d'une règle pour apprécier tout bien qui s'offre. Or, précisément parce que le plaisir est notre bien principal et inné, nous ne recherchons pas tout plaisir ; il y a des cas où nous passons par-dessus beaucoup de plaisirs s'il en résulte pour nous de l'ennui. Et nous jugeons beaucoup de douleurs préférables aux plaisirs lorsque des souffrances que nous avons endurées pendant longtemps il résulte pour nous un plaisir plus élevé. Tout plaisir est ainsi, de par sa nature propre, un bien, mais tout plaisir ne doit pas être recherché ; pareillement, toute douleur est un mal, mais toute douleur ne doit pas être évitée à tout prix. En tout cas, il convient de décider de tout cela en comparant et en examinant attentivement ce qui est utile et ce qui est nuisible, car nous en usons parfois avec le bien comme s'il était le mal, et avec le mal comme s'il était le bien.

Épicure, « Lettre à Ménécée », in Diogène Laërce, *Vie, doctrines et sentences des philosophes illustres.*

5 février

Tout est miracle dans l'histoire du Déluge : miracle que quarante jours de pluie aient inondé les quatre parties du monde, et que l'eau se soit élevée de quinze coudées au-dessus de toutes les plus hautes montagnes ; miracle qu'il y ait eu des cataractes, des portes, des ouvertures dans le ciel ; miracle que tous les animaux se soient rendus dans l'arche de toutes les parties du monde ; miracle que Noé ait trouvé de quoi les nourrir pendant dix mois ; miracle que tous les animaux aient tenu dans l'arche avec leurs provisions ; miracle que la plupart n'y soient pas morts ; miracle qu'ils aient trouvé de quoi se nourrir en sortant de l'arche, miracle encore, mais d'une autre espèce, qu'un nommé Le Pelletier ait cru expliquer comment tous les animaux ont pu tenir et se nourrir naturellement dans l'arche de Noé.

Or l'histoire du Déluge étant la chose la plus miraculeuse dont on ait jamais entendu parler, il serait insensé de l'expliquer : ce sont de ces mystères qu'on croit par la foi ; et la foi consiste à croire ce que la raison ne croit pas, ce qui est encore un autre miracle.

Voltaire, *Dictionnaire philosophique*.

6 février

Ce qu'il y a de grand en l'homme, c'est qu'il est un pont et non un but : ce qu'on peut aimer en l'homme, c'est qu'il est une transition et un déclin.
J'aime les grands contemplateurs, parce qu'ils sont de grands adorateurs, des flèches du désir tendu vers l'autre rive.
[...]
J'aime celui qui ne réserve pour lui-même aucune parcelle de son esprit, qui veut être tout entier l'esprit de sa vertu : car c'est ainsi qu'en esprit il traverse le pont.
[...]
J'aime celui qui ne veut pas avoir trop de vertus. Il y a plus de vertus en une seule vertu qu'en deux vertus : c'est un nœud où l'on accroche sa destinée.

Friedrich Nietzsche, *Ainsi parlait Zarathoustra.*

7 février

Le pauvre qui veut imiter le puissant est perdu.
Dans la prairie un jour la grenouille vit un bœuf ; atteinte de jalousie à la vue d'une si grande taille, elle gonfla sa peau toute ridée, puis elle demanda à ses petits si elle n'était pas plus grosse que le bœuf. Ils lui dirent que non. De nouveau elle tendit le tissu de sa peau en redoublant d'efforts, et demanda pareillement quel était le plus grand des deux. Les petits dirent : « Le bœuf. » Enfin, pleine de dépit, elle voulut s'enfler davantage, mais elle creva et resta morte sur place.

Ésope, « La grenouille qui veut se faire aussi grosse que le bœuf », in *Fables*.

8 février

Je frissonne ; la nuit est fraîche, et la forêt toute mouillée. Pourquoi m'as-tu conduite ici ? mon grand lit n'est-il pas plus doux que cette mousse semée de pierres ?

Ma robe à fleurs aura des taches de verdure ; mes cheveux seront mêlés de brindilles ; mon coude, regarde mon coude, comme il est déjà souillé de terre humide.

Autrefois pourtant, je suivais dans les bois celui... Ah ! laisse-moi quelque temps. Je suis triste, ce soir. Laisse-moi, sans parler, la main sur les yeux.

En vérité, ne peux-tu attendre ! sommes-nous des bêtes brutes pour nous prendre ainsi ! Laisse-moi. Tu n'ouvriras ni mes genoux ni mes lèvres. Mes yeux mêmes, de peur de pleurer, se ferment.

Pierre Louÿs, « Mélancolie », in *Les Chansons de Bilitis.*

9 février

C'était une de ces jolies et charmantes filles, nées, comme par une erreur du destin, dans une famille d'employés. Elle n'avait pas de dot, pas d'espérances, aucun moyen d'être connue, comprise, aimée, épousée par un homme riche et distingué ; et elle se laissa marier avec un petit commis du ministère de l'Instruction publique.
Elle fut simple ne pouvant être parée, mais malheureuse comme une déclassée ; car les femmes n'ont point de caste ni de race, leur beauté, leur grâce et leur charme leur servant de naissance et de famille. Leur finesse native, leur instinct d'élégance, leur souplesse d'esprit sont leur seule hiérarchie, et font des filles du peuple les égales des plus grandes dames.

Guy de Maupassant, « La parure »,
in *Contes du jour et de la nuit.*

10 février

Ma nuit est comme un grand cœur qui bat.
Il est trois heures trente du matin.
Ma nuit est sans lune.
Ma nuit a de grands yeux qui regardent fixement une lumière grise filtrer par les fenêtres.
Ma nuit pleure et l'oreiller devient humide et froid.
Ma nuit est longue et longue et longue et semble toujours s'étirer vers une fin incertaine.
Ma nuit me précipite dans ton absence.
Je te cherche, je cherche ton corps immense à côté de moi, ton souffle, ton odeur.
Ma nuit me répond : vide ; ma nuit me donne froid et solitude.
Je cherche un point de contact : ta peau. Où es-tu ? Où es-tu ?
Je me tourne dans tous les sens, l'oreiller humide, ma joue s'y colle, mes cheveux mouillés contre mes tempes.
Ce n'est pas possible que tu ne sois pas là.
Ma tête erre, mes pensées vont, viennent et s'écrasent, mon corps ne peut pas comprendre.
Mon corps te voudrait.
Mon corps, cet aléa mutilé, voudrait un moment s'oublier dans ta chaleur, mon corps appelle quelques heures de sérénité.
Ma nuit est un cœur en serpillière.
Ma nuit sait que j'aimerais te regarder, chaque courbe de ton corps, reconnaître ton visage et le caresser.

Ma nuit m'étouffe du manque de toi.
Ma nuit palpite d'amour, celui que j'essaie d'endiguer mais qui palpite dans la pénombre, dans chacune de mes fibres.
Ma nuit voudrait bien t'appeler mais elle n'a pas de voix.

Frida Kahlo, *Lettre à Diego Rivera* (extrait),
12 septembre 1939.

11 février

« Vois-tu », commença Gordon en ramenant son regard vers son camarade, « je suis assez préoccupé ».
« Évidemment, mon cher ! »
« Je désire beaucoup me marier. »
« Excellente idée ! », dit Longueville.
« C'est la première fois qu'elle me vient cette idée, et j'ai l'impression de l'avoir inventée, tellement je la trouve magnifique. »

Henry James, *Confiance.*

12 février

Comment peut-on se prendre au sérieux quand l'existence est si éphémère et qu'elle ne cesse de courir vers sa fin ?

Andrée Chedid, *Le Message*.

13 février

Au regard frivoles les nues
Se refusent selon la nuit
Vers l'aurore sans plus de bruit
Dormez chère étoile ingénue

Sous les arbres de l'avenue
Les amours ne sont plus gratuits
Au regard frivoles les nues
Se refusent selon la nuit

Deux étoiles à demi nues
Semblables sœurs nées à minuit
Chacune son tour nous conduit
À des adresses inconnues
De vos regards frivoles nues

Raymond Radiguet, « Nues », in *Couleurs sans danger.*

14 février

La chimère : Je vais au-delà des mers, au bout des solitudes, dans un pays sans nom, où le soleil est plus chaud. De l'air ! de l'air ! du feu ! du feu ! Je me roule dans l'azur, je plane sur les monts, je cours sur la pointe des flots, je jappe dans les gouffres ; de ma queue traînante je raye les plages, je mâche dans ma gueule les pierres de la lune et dans les plis de mes ailes je porte la graine des cèdres que je secoue sur les montagnes.
En me couchant sur la terre, mon ventre a creusé les vallées, et les collines ont pris leur source selon la forme de mes épaules.
Je soupire dans les roseaux des fleuves, par les soirs d'été je fais tourner les cercles violets qui dansent sur les marécages et j'allonge des ombres derrière les pas du voyageur.
Toi, toujours accroupi, ne détournant jamais la tête et grondant comme un orage, je te retrouve immobile, ou bien du bout de ta griffe dessinant des alphabets sur le sable.

Le sphinx : C'est que je garde mon secret, je ruine les choses, des théories confuses bourdonnent en moi comme le sang des existences qui battraient dans mes tempes.
Je songe, je calcule, je dilate ma prunelle dans la contemplation de l'infini. Cependant je sens monter sur moi la poudre du désert, et je vois se ronger atome par atome le grès des pyramides ; pour ne pas l'oublier, je me répète dans mon silence le mystère des créations, ce que m'a conté le temps, ce que m'ont dit les pluies du ciel, ce que chantait la caravane des empires qui a défilé à mes pieds ; ils ont passé comme les cigognes, et sans les suivre je les ai vus tous qui disparaissaient dans l'horizon.

Parfois le vent du soir, rasant les sables, me chasse des plumes au visage et je frissonne à des souvenirs. Tout dure ; sur le sommet des montagnes tombe la neige, l'Océan dans son grand lit se balance encore, le chacal piaule près des sépulcres, les blés se courbent aux mêmes brises, les momies sans pourrir se tiennent rangées dans leur souterrain, les obélisques tiennent encore ; je vois la poussière qui tourbillonne, le soleil qui luit ; j'entends le vent qui souffle.

Gustave Flaubert, *La Tentation de saint Antoine.*

15 février

C'est l'effet de la force, non de la coutume, car ceux qui sont capables d'inventer sont rares. Les plus forts en nombre ne veulent que suivre et refusent la gloire à ces inventeurs qui la cherchent par leurs inventions. Et s'ils s'obstinent à la vouloir obtenir et à mépriser ceux qui n'inventent pas, les autres leur donneront des noms ridicules, leur donneraient des coups de bâton. Qu'on ne se pique donc pas de cette subtilité ou qu'on se contente en soi-même.

Pascal, « Raison des effets », in *Pensées.*

16 février

Je suis d'avis qu'il n'est pas nécessaire d'affirmer que toutes les planètes doivent être habitées ; ce serait pourtant une absurdité que de le nier à propos de toutes, ou bien seulement de la plupart. Dans la richesse de la nature, où des mondes et des systèmes ne sont que poussières de soleils au regard du tout de la création, il pourrait bien y avoir encore des régions désertes et inhabitées, qui ne seraient pas utilisées de la façon la plus exacte pour la fin de la nature, c'est-à-dire pour ce qui a trait aux êtres raisonnables. Ce serait comme si on voulait se faire scrupule, en raison de la sagesse de Dieu, d'accorder que des déserts de sable inhabités occupent de grandes étendues de la surface de la Terre, et que dans la mer il y ait des îles abandonnées sur lesquelles aucun homme ne se trouve. Cependant une planète est beaucoup moins par rapport au tout de la création qu'un désert ou qu'une île par rapport à la surface de la Terre.

Emmanuel Kant, « Histoire générale de la nature et théorie du ciel », in *Œuvres philosophiques.*

17 février

Je fais souvent ce rêve étrange et pénétrant
D'une femme inconnue, et que j'aime, et qui m'aime
Et qui n'est, chaque fois, ni tout à fait la même
Ni tout à fait une autre, et m'aime et me comprend.

Car elle me comprend, et mon cœur, transparent
Pour elle seule, hélas! cesse d'être un problème
Pour elle seule, et les moiteurs de mon front blême,
Elle seule les sait rafraîchir, en pleurant.

Est-elle brune, blonde ou rousse? – Je l'ignore.
Son nom? Je me souviens qu'il est doux et sonore
Comme ceux des aimés que la Vie exila.

Son regard est pareil au regard des statues,
Et, pour sa voix, lointaine, et calme, et grave, elle a
L'inflexion des voix chères qui se sont tues.

Paul Verlaine, « Mon rêve familier », in *Poèmes saturniens.*

18 février

Trop souvent nous parlons de nos sentiments de plaisir et de peine comme s'ils naissaient vieux, comme si chacun d'eux n'avait pas son histoire. Trop souvent nous méconnaissons ce qu'il y a encore d'enfantin, pour ainsi dire, dans la plupart de nos émotions joyeuses.

Henri Bergson, « Le comique de situation », in *Le Rire*.

19 février

Il y a toujours quelque chose de ridicule dans les émotions de ceux que nous avons cessé d'aimer.

Les bonnes résolutions ne peuvent qu'inutilement intervenir contre les lois scientifiques. Leur origine est de pure vanité et leur résultat est nul.

Oscar Wilde, *Le Portrait de Dorian Gray.*

20 février

Mon triste cœur bave à la poupe,
Mon cœur couvert de caporal :
Ils y lancent des jets de soupe,
Mon triste cœur bave à la poupe :
Sous les quolibets de la troupe
Qui pousse un rire général,
Mon triste cœur bave à la poupe,
Mon cœur couvert de caporal !

Ithyphalliques et pioupiesques
Leurs quolibets l'ont dépravé !
Au gouvernail on voit des fresques
Ithyphalliques et pioupiesques.
Ô flots abracadabrantesques,
Prenez mon cœur, qu'il soit lavé !
Ithyphalliques et pioupiesques
Leurs quolibets l'ont dépravé !

Quand ils auront tari leurs chiques,
Comment agir, ô cœur volé ?
Ce seront des hoquets bachiques
Quand ils auront tari leurs chiques :
J'aurai des sursauts stomachiques,
Moi, si mon cœur est ravalé :
Quand ils auront tari leurs chiques
Comment agir, ô cœur volé ?

Arthur Rimbaud, « Le cœur volé », in *Œuvres complètes*.

21 février

Spinoza dit qu'il ne se peut pas que l'homme n'ait pas de passions, mais que le sage forme en son âme une telle étendue de pensées heureuses que ses passions sont toutes petites à côté. Sans le suivre en ses chemins difficiles, on peut pourtant, à son image, se faire un grand volume de bonheurs voulus, comme musique, peinture, conversations, qui feront, par comparaison, toutes petites nos mélancolies. L'homme de société oublie son foie à de petits devoirs ; nous devrions rougir de ne pas tirer un meilleur parti encore de notre sérieux et utile métier, ni de nos livres, ni de nos amis. Mais peut-être est-ce une erreur commune, et de grandes conséquences, de ne point s'intéresser selon une règle aux choses qui ont valeur. Nous comptons sur elles. C'est un grand art quelquefois de vouloir ce que l'on est assuré de désirer.

Alain, « Neurasthénie », 22 février 1908,
in *Propos sur le bonheur*.

22 février

Un petit tas de neige se trouvant sur le sommet d'un rocher placé à la pointe extrême d'une très haute montagne se recueillit et, commençant à examiner sa situation, se dit : « Ne dois-je pas être jugé altier et superbe, pour m'être mis, moi petit tas de neige, en un si haut lieu, alors que les grandes quantités de neige qui m'entourent occupent une place très inférieure à la mienne ? Certainement ma petite dimension n'autorise pas cette altitude ; en signe de mon insignifiance, je pourrais bien connaître le sort de mes compagnes qui, hier encore, fondirent au soleil en quelques heures, pour s'être placées plus haut qu'il ne convenait. Je veux donc fuir la colère du soleil, m'abaisser et trouver un lieu convenant à ma petite quantité. »
Le petit tas de neige se jeta en bas du rocher et commença à descendre, roulant des hauteurs vers d'autres neiges, mais plus il cherchait un lieu bas, plus il augmentait de volume, tant et si bien qu'arrivé au terme de sa course sur une colline il se trouva aussi grand qu'elle. Et il fut le dernier tas de neige que le soleil fit fondre cet été-là.

Léonard de Vinci, « Une fable louant l'humilité.
Le petit tas de neige », in *Carnets*.

23 février

Je ne t'ai jamais vue sans le désir de t'adresser une prière. Je ne t'ai jamais entendue sans le désir de croire en toi. Je ne t'ai jamais attendue sans le désir de souffrir pour toi. Je ne t'ai jamais désirée sans me sentir autorisé à m'agenouiller devant toi.

Je suis à toi comme le bâton est au randonneur, mais je ne te soutiens pas. Je suis à toi comme le sceptre est à la reine, mais je ne t'enrichis pas. – Je suis à toi comme la dernière petite étoile est à la nuit, même si celle-ci ignore presque tout de son existence et de son scintillement.

René.

Rainer Maria Rilke, *Lettres à Lou Andreas-Salomé*.

24 février

Nathanaël, il y a d'admirables préparatifs au sommeil, il y a d'admirables réveils ; mais il n'y a pas d'admirables sommeils, et je n'aime le rêve que tant que je le crois réalité. Car le plus beau sommeil ne vaut pas le moment où l'on se réveille.

André Gide, *Les Nourritures terrestres.*

25 février

Rien au réveil que vous n'ayez
Envisagé de quelque moue
Pire si le rire secoue
Votre aile sur les oreillers

Indifféremment sommeillez
Sans crainte qu'une haleine avoue
Rien au réveil que vous n'ayez
Envisagé de quelque moue

Tous les rêves émerveillés
Quand cette beauté les déjoue
Ne produisent fleur sur la joue
Dans l'œil diamants impayés
Rien au réveil que vous n'ayez

Stéphane Mallarmé, « Rien au réveil que vous n'ayez »,
in *Poésies.*

26 février

D'où vient que cet homme, qui a perdu depuis peu de mois son fils unique et qui accablé de procès et de querelles était ce matin si troublé, n'y pense plus maintenant ? Ne vous en étonnez pas, il est tout occupé à voir par où passera ce sanglier que les chiens poursuivent avec tant d'ardeur depuis six heures. Il n'en faut pas davantage. L'homme, quelque plein de tristesse qu'il soit, si on peut gagner sur lui de le faire entrer en quelque divertissement, le voilà heureux pendant ce temps-là. Et l'homme, quelque heureux qu'il soit, s'il n'est diverti et occupé par quelque passion ou quelque amusement qui empêche l'ennui de se répandre, sera bientôt chagrin et malheureux. Sans divertissement il n'y a point de joie. Avec le divertissement il n'y a point de tristesse. Et c'est aussi ce qui forme le bonheur des personnes de grande condition qu'ils ont un nombre de personnes qui les divertissent, et qu'ils ont le pouvoir de se maintenir en cet état.

Prenez-y garde, qu'est-ce autre chose d'être surintendant, chancelier, premier président, sinon d'être en une condition où l'on a le matin un grand nombre de gens qui viennent de tous côtés pour ne leur laisser pas une heure en la journée où ils puissent penser à eux-mêmes ? Et quand ils sont dans la disgrâce et qu'on les renvoie à leurs maisons des champs, où ils ne manquent ni de biens ni de domestiques pour les assister dans leur besoin, ils ne laissent pas d'être misérables et abandonnés, parce que personne ne les empêche de songer à eux.

Pascal, « Fragment Divertissement n° 4/7 », in *Pensées*.

27 février

Isabelle : Si les grands hommes, ici-bas, pouvaient tonner comme Jupiter lui-même, Jupiter ne serait jamais tranquille, car le plus chétif petit fonctionnaire lui prendrait son ciel pour y tonner ! Ô ciel misérordieux ! tu frappes plus volontiers de ta foudre meurtrière et sulfureuse le chêne noueux et rebelle à la hache que le doux myrte ; mais l'homme, l'homme orgueilleux drapé d'une courte et faible autorité, ignorant tout à fait ce qu'il croit le mieux connaître : son essence fragile comme le verre, tel un singe coléreux joue à la face du ciel de si grotesques comédies qu'elles font pleurer les anges ; ou, s'ils avaient notre rate, les feraient rire comme des mortels.

William Shakespeare, *Mesure pour mesure*,
acte II, scène II.

28 au 29 février

1

Socrate : Représente-toi maintenant l'état de la nature humaine par rapport à la science et à l'ignorance d'après le tableau que je vais faire. J'imagine des hommes renfermés dans une demeure souterraine, caverneuse, qui donne une entrée libre à la lumière dans toute la longueur de la caverne. Là, dès leur enfance, ils ont les jambes et le cou enchaînés de telle sorte qu'ils restent immobiles et qu'ils ne voient que les objets qu'ils ont en face. Leurs chaînes les empêchent de tourner la tête. Derrière eux, à une certaine distance et une certaine hauteur, est un feu dont la lumière les éclaire ; entre ce feu et les captifs s'élève un chemin escarpé, le long duquel imagine un petit mur semblable à ces cloisons que les charlatans mettent entre eux et les spectateurs pour leur cacher les ressorts des figures merveilleuses qu'ils montrent.
Glaucon : Je me représente tout cela.
Socrate : Figure-toi des hommes qui passent le long de ce mur, portant des objets de toutes sortes qui s'élèvent au-dessus du mur, des figures d'hommes et d'animaux en pierre ou en bois, et mille formes différentes. Parmi ceux qui les portent, les uns s'entretiennent ensemble, les autres passent sans rien dire.
Glaucon : Voilà un étrange tableau et d'étranges captifs.
Socrate : Ils nous ressemblent pourtant de point en point. Et d'abord, crois-tu que dans cette situation ils verront autre chose d'eux-mêmes et de ceux qui sont à leurs côtés que les ombres qui vont se retracer, à la lueur du feu, sur le côté de la caverne exposée à leurs regards ?

Glaucon : Non puisqu'ils sont forcés de tenir la tête immobile toute leur vie.
Socrate : Et de même pour les objets qui passent derrière eux, en verront-ils autre chose que l'ombre ?
Glaucon : Non.
Socrate : Or, s'ils pouvaient converser ensemble, ne penses-tu pas qu'ils conviendraient entre eux de donner aux ombres qu'ils voient les noms des choses mêmes ?
Glaucon : Sans contredit.
Socrate : Et s'il y avait au fond de l'antre un écho qui répétât les paroles des passants, croiraient-ils entendre autre chose que l'ombre qui passe devant leurs yeux ?
Glaucon : Non, certes.
Socrate : Enfin ils ne voudraient pas croire qu'il existât autre chose de réel que les ombres de ces objets de toute espèce.
Glaucon : C'est de toute nécessité.
Socrate : Vois maintenant ce qui devra naturellement leur arriver si on les délivre de leurs chaînes et qu'en même temps on les guérisse de leur erreur. Si un captif est délivré de ses chaînes et forcé de se lever sur-le-champ, de tourner la tête, de marcher et de regarder du côté de la lumière ; si, en faisant tous ces mouvements, il éprouve de grandes douleurs et que des éblouissements l'empêchent de distinguer les objets dont il voyait auparavant les ombres, que penses-tu qu'il répondrait dans le cas où on lui dirait que jusqu'alors il n'a vu que des fantômes, qu'à présent plus près de la réalité et tourné vers des objets plus réels, il voit plus juste ? Supposons enfin qu'en lui montrant chacun des objets qui passe, on l'oblige à force de questions à répondre ce que c'est, ne penses-tu pas qu'il serait

dans l'embarras et que ce qu'il voyait auparavant lui paraîtra plus vrai que ce qu'on lui montre ?
GLAUCON : Sans comparaison.

2

SOCRATE : Et si on le contraint de regarder le feu lui-même, ses yeux n'en seront-ils pas blessés ? N'en détournera-t-il pas les regards pour les reporter sur les ombres qu'il ne peut voir sans douleur ? Ne jugera-t-il pas qu'elles sont réellement plus visibles que les objets qu'on lui montre ?
GLAUCON : Oui.
SOCRATE : Si maintenant on l'arrache de sa caverne malgré lui, qu'on le traîne par le sentier rude et escarpé, et qu'on ne le lâche pas avant de l'avoir traîné jusqu'à la lumière du soleil, ne poussera-t-il pas des plaintes et des cris de colère ? Et lorsqu'il sera parvenu au grand jour, ses yeux tout éblouis pourront-ils distinguer même un seul des objets que nous appelons des êtres réels ?
GLAUCON : Ils ne le pourront pas d'abord.
SOCRATE : Ce n'est que peu à peu, si je ne me trompe, qu'ils pourront s'habituer à l'éclat de la région supérieure. Ce qu'il aura le plus de facilité à distinguer, ce sont d'abord les ombres, ensuite les images des hommes et des autres objets qui se reflètent dans les eaux, enfin, les objets eux-mêmes. De là il portera ses regards vers les corps qui sont dans le ciel, et il supportera plus facilement la vue du ciel lui-même, s'il contemple pendant la nuit les astres et la lune, que pendant le jour, s'il veut fixer le soleil et sa lumière.

GLAUCON : Sans contredit.
SOCRATE : A la fin, il pourra, je pense, non seulement voir le soleil dans les eaux et partout où son image se réfléchit, mais encore le contempler lui-même à sa véritable place.
GLAUCON : Nécessairement.
SOCRATE : Après cela, se mettant à raisonner, il en viendra à conclure que c'est le soleil qui fait les saisons et les années, qui gouverne tout dans le monde visible, et qui est en quelque sorte la cause de tout ce qu'il voyait dans la caverne avec ses compagnons de captivité.
GLAUCON : Il est évident que, de degrés en degrés, il arrivera à toutes les conclusions.
SOCRATE : S'il vient alors à se rappeler sa première demeure, l'idée qu'on y a de la sagesse, et de ses compagnons d'esclavage, ne se trouvera-t-il pas heureux de son changement et ne plaindra-t-il pas les autres ?
GLAUCON : Assurément.
SOCRATE : S'il y avait là-bas des honneurs, des éloges et des récompenses établies entre eux pour celui qui saisissait le plus promptement le passage des ombres, qui se rappelait le plus sûrement que celles qui précédaient, suivaient ou marchaient ensemble, par conséquent qui était le plus habile à prédire leurs apparitions, penses-tu que l'homme dont nous parlons fût encore bien jaloux de ces distinctions, et qu'il portât envie à ceux qui sont honorés ou puissants dans ce souterrain ? Ou bien n'aimerait-il pas mieux, comme le héros d'Homère, passer sa vie au service d'un pauvre laboureur et souffrir tout au monde plutôt que de reprendre ses premières illusions et de vivre comme il vivait ?

Glaucon : Je ne doute pas qu'il ne fût disposé à tout souffrir plutôt que de vivre de la sorte.
Socrate : Suppose encore que cet homme redescende dans la caverne et qu'il aille s'asseoir à son ancienne place ; dans ce passage subit du grand jour à l'obscurité, ses yeux ne seront-ils pas comme aveuglés ?
Glaucon : Oui, certainement.
Socrate : Et si, tandis que sa vue est encore confuse, avant que ses yeux se soient remis, ce qui demande un temps assez long pour s'accoutumer de nouveau à l'obscurité, il lui faut donner son avis sur ces ombres et entrer en dispute à ce sujet avec ses compagnons qui n'ont pas encore quitté leurs chaînes, n'apprêtera-t-il pas à rire à ses dépens ? Ne diront-ils pas que pour être monté là-haut il a perdu la vue, que ce n'est pas la peine même d'y monter, et que celui qui s'aviserait de vouloir leur donner la liberté et les conduire en haut, s'ils pouvaient le saisir et le tuer, ils ne manqueraient pas de le faire ?
Glaucon : Sans contredit.

3

Socrate : Voilà précisément, cher Glaucon, l'image fidèle et complète à laquelle il faut rattacher par comparaison ce que nous avons dit précédemment. L'antre souterraine, c'est le monde visible ; le feu qui l'éclaire, c'est la lumière du soleil ; ce captif qui monte à la région supérieure et la contemple, c'est l'âme qui s'élève jusqu'au monde intelligible. Voilà du moins quelle est ma pensée, puisque tu veux la savoir ; Dieu sait si elle est vraie. Quant à moi, la chose me paraît telle que je vais dire.

Aux dernières limites du monde intelligible est l'idée du bien qu'on aperçoit avec peine, mais qu'on ne peut apercevoir sans conclure qu'elle est la cause universelle de tout ce qu'il y a de beau et de bon ; que dans le monde visible, elle crée la lumière et l'astre qui la donne directement ; que dans le monde invisible, c'est elle qui produit directement la vérité et l'intelligence, et que par conséquent il faut avoir les yeux fixés sur elle pour agir avec sagesse dans les affaires privées et publiques.

Platon, « Le mythe de la caverne », in *La République*.

MARS

1er mars

Un astronome avait l'habitude de sortir tous les soirs pour examiner les astres. Or un jour qu'il errait dans la banlieue, absorbé dans la contemplation du ciel, il tomba par mégarde dans un puits. Comme il se lamentait et criait, un passant entendit ses gémissements, s'approcha, et apprenant ce qui était arrivé, lui dit : « Hé ! l'ami, tu veux voir ce qu'il y a dans le ciel, et tu ne vois pas ce qui est sur la Terre ! »
On pourrait appliquer cette fable aux hommes qui se vantent de faire des merveilles, et qui sont incapables de se conduire dans les circonstances ordinaires de la vie.

Ésope, « L'astronome », in *Fables*.

2 mars

Le sage reçoit quelquefois des coups ; mais de ces coups reçus, il triomphe, il en guérit, il en supprime les conséquences. Quant aux petites choses, il ne les sent même pas ; ce sont faits courants contre lesquels il n'use pas de sa vertu de résignation aux maux ; il ne les remarque pas, ou il pense qu'il faut en rire. En outre, comme les insultes sont surtout le fait de gens orgueilleux et arrogants, il a de quoi repousser leurs sentiments et leur enflure grâce à la plus belle de toutes les vertus, la santé de l'âme et sa grandeur.

Sénèque, *De la constance du sage.*

3 mars

Le papillon diapré errait et volait nonchalamment dans l'air obscurci. Ayant aperçu une lumière, il se dirigea vers elle et tout en tournoyant autour d'elle s'émerveillait de sa splendeur. Puis, non content de la voir, et désireux de se comporter comme il en avait l'habitude avec les fleurs parfumées, il s'approcha avec une âme ardente, passa à travers la lumière qui lui brûla l'extrémité des ailes, des jambes et d'autres ornements. Tombé auprès de la lumière, il se demanda avec stupeur ce qui avait pu causer l'accident, ne pouvant comprendre en son âme que d'une si belle chose pouvait provenir mal ou dommage.

Quand il eut repris quelque force, il recommença son vol et repassant à travers la flamme il retomba bientôt dans l'huile qui alimentait cette flamme. Et comme il lui restait juste assez de vie pour réfléchir à la raison de son malheur, il dit : « Oh, maudite lumière, je croyais avoir trouvé en toi ma félicité, je pleure, en vain, mon désir insensé ; avec mon malheur, je découvre ta nature dévorante et méchante. »

À qui la lumière répondit : « C'est ainsi que je traite ceux qui ne savent pas m'utiliser sagement. »

Dit pour ceux qui, semblables au papillon, s'élancent vers les délices de la chair et du monde sans en considérer la nature. Nature qu'ils ne reconnaissent qu'après un long usage pour leur honte et vergogne.

Léonard de Vinci, « Le papillon et la flamme », in *Carnets*.

4 mars

Bonjour, mon ineffable bien-aimé, bonjour, beau jour, bonheur, sourires, tendresses, amour, je t'envoie tout cela dans un seul baiser.

J'attendais le jour depuis bien longtemps pour avoir ma chère petite lettre, enfin, je la tiens ! Je la lis, je la baise et je l'adore ! Mais j'entends que tu ouvres ta fenêtre, je quitte ma lettre pour courir à toi…

C'est fait, je t'ai vu ! Mes yeux se sont remplis de ton regard, mon cœur de tes baisers, mon âme d'extase ! Merci, mon doux adoré, merci, que toutes les bénédictions de Dieu soient sur toi et sur tous ceux que tu aimes et qu'il vous accorde ce que tu lui demandes, à travers mon ardente et incessante prière, de ne nous séparer jamais une minute en cette vie ni dans l'autre. J'espère qu'il nous exaucera, mon adoré bien-aimé, et qu'il nous épargnera la douleur, j'allais dire la *honte*, car pour moi il me semble que je serais déshonorée si j'avais le malheur de te survivre un jour.

Aussi j'espère que Dieu nous donnera le bonheur et nous fera l'honneur de nous appeler à lui en même temps et qu'il soudera nos deux âmes l'une à l'autre pour l'éternité.

Cher adoré, je suis toute troublée, comme il m'arrive toujours chaque fois que je reçois une lettre de toi. Ton amour sous cette forme est un élixir divin qui enivre tout mon être.

Cependant, à travers mon éblouissement, je sens que je ne mérite pas tout ce que tu penses de moi, car je ne vaux que par ce que je t'aime.

En dehors de mon amour, je suis une pauvre femme bien ordinaire, bien inculte et bien imparfaite, je le sais, je le sais, je le sais. Et je pourrais presque dire que cela m'est égal, en tant que tu n'en souffres pas.

Ma vertu c'est de t'aimer, mon corps, mon sang, mon cœur, ma vie, mon âme sont employés à t'aimer. En dehors de mon amour, je ne suis rien, je ne comprends rien, je ne veux rien. T'aimer, t'aimer, t'aimer, voilà ma seule et unique destination. Je n'en pourrais et ne saurais en avoir d'autres, quand bien même je le désirerais, parce que toutes mes forces et toute volonté tendent à t'aimer uniquement.

Sois béni pourtant, mon généreux bien-aimé, pour tous les rayons que tu mets autour de mon amour et que ma reconnaissance et mes bénédictions soient pour toi autant de bonheur et de félicité de plus dans ta vie.

Je te dis toutes ces choses dans une sorte de fièvre d'âme qui ne me permet pas de distinguer ce que je t'écris, mais le fond, du premier mot jusqu'au dernier, c'est que je t'aime, que je suis bien heureuse, que je te bénis et que j'associe ton ange et le mien à mon amour et à mes bénédictions.

Lettre de Juliette Drouet à Victor Hugo,
1er janvier 1862.

5 mars

Des mensonges jailliront de ma bouche, auxquels il se peut qu'un atome de vérité soit mêlé. C'est à vous de découvrir cette vérité et de décider s'il vaut la peine d'en conserver quelque parcelle. Sinon, vous jetterez le tout dans la corbeille à papier et n'y songerez plus.

Virginia Woolf, *Une chambre à soi.*

6 mars

Je me trouve très bien ici. Dans cette contrée paradisiaque, la solitude constitue un baume précieux pour mon âme, et cette saison pleine de jeunesse réchauffe de son abondance un cœur souvent parcouru de frissons. Chaque arbre, chaque haie est un bouquet de fleurs ; on voudrait se voir changé en papillon pour nager dans cette mer de parfums et y puiser sa nourriture.

Goethe, *Les Souffrances du jeune Werther.*

7 mars

Je médite sur l'ordre de l'univers, non pour l'expliquer par de vains systèmes, mais pour l'admirer sans cesse, pour adorer le sage auteur qui s'y fait sentir. Je converse avec lui, je pénètre toutes mes facultés de sa divine essence ; je m'attendris à ses bienfaits, je le bénis de ses dons ; mais je ne le prie pas. Que lui demanderais-je ? Qu'il changeât pour moi le cours des choses, qu'il fît des miracles en ma faveur ? Moi qui dois aimer par-dessus tout l'ordre établi par sa sagesse et maintenu par sa providence, voudrais-je que cet ordre fût troublé pour moi ? Non, ce vœu téméraire mériterait d'être plutôt puni qu'exaucé. Je ne lui demande pas non plus le pouvoir de bien faire : pourquoi lui demander ce qu'il m'a donné ? Ne m'a-t-il pas donné la conscience pour aimer le bien, la raison pour le connaître, la liberté pour le choisir ?

Jean-Jacques Rousseau, *La Profession de foi du vicaire savoyard*, in *Émile ou De l'éducation*.

8 mars

Rien n'est jamais acquis à l'homme Ni sa force
Ni sa faiblesse ni son cœur Et quand il croit
Ouvrir ses bras son ombre est celle d'une croix
Et quand il croit serrer son bonheur il le broie
Sa vie est un étrange et douloureux divorce
Il n'y a pas d'amour heureux

Sa vie Elle ressemble à ces soldats sans armes
Qu'on avait habillés pour un autre destin
À quoi peut leur servir de se lever matin
Eux qu'on retrouve au soir désœuvrés incertains
Dites ces mots Ma vie Et retenez vos larmes
Il n'y a pas d'amour heureux

Mon bel amour mon cher amour ma déchirure
Je te porte dans moi comme un oiseau blessé
Et ceux-là sans savoir nous regardent passer
Répétant après moi les mots que j'ai tressés
Et qui pour tes grands yeux tout aussitôt moururent
Il n'y a pas d'amour heureux

Le temps d'apprendre à vivre il est déjà trop tard
Que pleurent dans la nuit nos cœurs à l'unisson
Ce qu'il faut de malheur pour la moindre chanson
Ce qu'il faut de regrets pour payer un frisson
Ce qu'il faut de sanglots pour un air de guitare
Il n'y a pas d'amour heureux.

Louis Aragon, « Il n'y a pas d'amour heureux »,
in *La Diane française*.

9 mars

Satisfait dans son âme, dans son cœur et dans sa chair, on est plus enclin à l'indulgence, à la bonté et c'est sans haine que je souris à tous les malheurs qui approchent, parce que j'ai pu un instant être heureux.

Marcel Jouhandeau, *Carnets de Don Juan, Écrits secrets II.*

10 mars

Le vicomte de Valmont à la marquise de Merteuil

Me voilà donc, depuis quatre jours, livré à une passion forte. Vous savez si je désire vivement, si je dévore les obstacles : mais ce que vous ignorez, c'est combien la solitude ajoute à l'ardeur du désir. Je n'ai plus qu'une idée ; j'y pense le jour et j'y rêve la nuit. J'ai bien besoin d'avoir cette femme pour me sauver du ridicule d'en être amoureux : car où ne mène pas un désir contrarié ? Ô délicieuse jouissance ! Je t'implore pour mon bonheur et surtout pour mon repos. Que nous sommes heureux que les femmes se défendent si mal ! Nous ne serions auprès d'elle que de timides esclaves.

Pierre Choderlos de Laclos, *Les Liaisons dangereuses.*

11 mars

Les moralistes qui vantent le travail me font penser à ces badauds qui ont été attrapés dans une baraque de foire et qui tâchent tout de même d'y faire entrer les autres.

Jules Renard, *Journal*, 11 mars 1904.

12 mars

Mais si je ne reconnais à personne le droit de me juger, je sais cependant que l'on me jugera, lorsque je ne serai plus un défenseur sourd et sans voix. Je ne veux pas partir sans laisser un mot en réponse – une parole libre et non contrainte – non pas pour me justifier, certes non ! Je n'ai de pardon à demander à personne, mais comme ça, parce que tel est mon bon plaisir.

Fiodor Dostoïevski, *L'Idiot.*

13 mars

Bonjour mon cœur, bonjour ma douce vie.
Bonjour mon œil, bonjour ma chère amie,
Hé! Bonjour ma toute belle,
Ma mignardise, bonjour,
Mes délices, mon amour,
Mon doux printemps, ma douce fleur nouvelle,
Mon doux plaisir, ma douce colombelle,
Mon passereau, ma gente tourterelle,
Bonjour, ma douce rebelle.

Hé! faudra-t-il que quelqu'un me reproche
Que j'aie vers toi le cœur plus dur que roche
De t'avoir laissée, maîtresse,
Pour aller suivre le Roi,
Mendiant je ne sais quoi
Que le vulgaire appelle une largesse?
Plutôt périsse honneur, court, et richesse,
Que pour les biens jamais je te relaisse,
Ma douce et belle déesse.

Pierre de Ronsard, « Bonjour mon cœur »,
in *Le Second Livre des amours.*

14 mars

Accoutume-toi à penser que pour nous la mort n'est rien, puisque tout bien et tout mal résident dans la sensation, et que la mort est l'éradication de nos sensations. Dès lors, la juste prise de conscience que la mort ne nous est rien autorise à jouir du caractère mortel de la vie : non pas en lui conférant une durée infinie, mais en l'amputant du désir d'immortalité. Il s'ensuit qu'il n'y a rien d'effrayant dans le fait de vivre, pour qui est authentiquement conscient qu'il n'existe rien d'effrayant non plus dans le fait de ne pas vivre. Stupide est donc celui qui dit avoir peur de la mort non parce qu'il souffrira en mourant, mais parce qu'il souffre à l'idée qu'elle approche. Ce dont l'existence ne gêne point, c'est vraiment pour rien qu'on souffre de l'attendre ! Le plus effrayant des maux, la mort ne nous est rien, disais-je : quand nous sommes, la mort n'est pas là, et quand la mort est là, c'est nous qui ne sommes plus ! Elle ne concerne donc ni les vivants ni les trépassés, étant donné que pour les uns, elle n'est point, et que les autres ne sont plus. Beaucoup de gens pourtant fuient la mort, soit en tant que plus grand des malheurs, soit en tant que point final des choses de la vie. Le sage, lui, ne craint pas le fait de n'être pas en vie : vivre ne lui convulse pas l'estomac, sans qu'il estime être mauvais de ne pas vivre. De même qu'il ne choisit jamais la nourriture la plus plantureuse, mais la plus goûteuse, ainsi n'est-ce point le temps le plus long, mais le plus fruité qu'il butine ? Celui qui incite d'un côté le jeune à bien vivre, de l'autre le vieillard à bien mourir est un niais, non tant parce que la vie a de l'agrément, mais surtout parce que bien vivre et bien mourir constituent un

seul et même exercice. Plus stupide encore celui qui dit beau de n'être pas né, ou « sitôt né, de franchir les portes de l'Hadès ». S'il est persuadé de ce qu'il dit, que ne quitte-t-il la vie sur-le-champ ? Il en a l'immédiate possibilité, pour peu qu'il le veuille vraiment. S'il veut seulement jouer les provocateurs, sa désinvolture en la matière est déplacée.
Souvenons-nous d'ailleurs que l'avenir ni ne nous appartient ni ne nous échappe absolument, afin de ne pas tout à fait l'attendre comme devant exister, et de n'en point désespérer comme devant certainement ne pas exister.

Épicure, « Lettre à Ménécée », in Diogène Laërce, *Vie, doctrines et sentences des philosophes illustres.*

15 mars

Ma conclusion est que la joie est sans autorité, parce qu'elle est jeune et que la tristesse est sur un trône et toujours trop respectée. D'où je tire qu'il faut résister à la tristesse, non pas seulement parce que la joie est bonne, mais parce qu'il faut être juste, et que la tristesse, éloquente toujours, impérieuse toujours, ne veut jamais qu'on voie juste.

Alain, *Propos sur le bonheur*.

16 mars

De même, ô dame, que l'on sculpte en taillant
Dans une pierre alpestre et dure
Une vive figure,
Qui apparaît d'autant que la pierre s'effrite ;
Ainsi certains bienfaits
De cette âme qui tremble,
Le superflu de notre chair les cache
Sous son écorce dure et crue.
Seule toi donc tu peux
Tailler mon externe part,
Car je n'en ai pour moi ni force ni vouloir.

Michel-Ange, « Madrigal », in *Poésies.*

17 mars

Il élevait son autre main le long de la joue d'Odette ; elle le regarda fixement, de l'air languissant et grave qu'ont les femmes du maître florentin avec lesquelles il lui avait trouvé de la ressemblance ; amenés au bord des paupières, ses yeux brillants, larges et minces, comme les leurs, semblaient prêts à se détacher ainsi que deux larmes. Elle fléchissait le cou comme on leur voit faire à toutes, dans les scènes païennes comme dans les tableaux religieux. Et en une attitude qui sans doute lui était habituelle, qu'elle savait convenable en ces moments-là et qu'elle faisait attention à ne pas oublier de prendre, elle semblait avoir besoin de toute sa force pour retenir son visage, comme si une force invisible l'eût attiré vers Swann. Et ce fut Swann qui, avant qu'elle le laissât tomber, comme malgré elle, sur ses lèvres, le retint un instant, à quelque distance, entre ses deux mains.

Marcel Proust, *Un amour de Swann.*

18 mars

Ô toison, moutonnant jusque sur l'encolure !
Ô boucles ! Ô parfum chargé de nonchaloir !
Extase ! Pour peupler ce soir l'alcôve obscure
Des souvenirs dormant dans cette chevelure,
Je la veux agiter dans l'air comme un mouchoir !
La langoureuse Asie et la brûlante Afrique,
Tout un monde lointain, absent, presque défunt,
Vit dans tes profondeurs, forêt aromatique !
Comme d'autres esprits voguent sur la musique,
Le mien, ô mon amour ! nage sur ton parfum.
J'irai là-bas où l'arbre et l'homme, pleins de sève,
Se pâment longuement sous l'ardeur des climats ;
Fortes tresses, soyez la houle qui m'enlève !
Tu contiens, mer d'ébène, un éblouissant rêve
De voiles, de rameurs, de flammes et de mâts :
Un port retentissant où mon âme peut boire
À grands flots le parfum, le son et la couleur ;
Où les vaisseaux, glissant dans l'or et dans la moire,
Ouvrent leurs vastes bras pour embrasser la gloire
D'un ciel pur où frémit l'éternelle chaleur.
Je plongerai ma tête amoureuse d'ivresse
Dans ce noir océan où l'autre est enfermé ;
Et mon esprit subtil que le roulis caresse
Saura vous retrouver, ô féconde paresse,
Infinis bercements du loisir embaumé !
Cheveux bleus, pavillon de ténèbres tendues,
Vous me rendez l'azur du ciel immense et rond ;

Sur les bords duvetés de vos mèches tordues
Je m'enivre ardemment des senteurs confondues
De l'huile de coco, du musc et du goudron.
Longtemps ! toujours ! ma main dans ta crinière lourde
Sèmera le rubis, la perle et le saphir,
Afin qu'à mon désir tu ne sois jamais sourde !
N'es-tu pas l'oasis où je rêve, et la gourde
Où je hume à longs traits le vin du souvenir ?

Charles Baudelaire, « La chevelure », in *Les Fleurs du mal.*

19 mars

Poser sa tête sur un oreiller
Et sur cet oreiller dormir
Et dormant rêver
À des choses curieuses ou d'avenir,

Rêvant croire à ce qu'on rêve
Et rêvant garder la notion
De la vie qui passe sans trêve
Du soir à l'aube sans rémission.

Ceci est presque normal,
Ceci est presque délicieux
Mais je plains ceux
Qui dorment vite et mal,

Et, mal éveillés, rêvent en marchant.

Ainsi j'ai marché autrefois,
J'ai marché, agi en rêvant,
Prenant les rues pour les allées d'un bois.

Une place pour les rêves
Mais les rêves à leur place.

Robert Desnos, *État de veille*.

20 mars

Vous qui écrivez, prenez une matière proportionnée à vos forces ; soupesez longuement ce que vos épaules peuvent ou ne peuvent pas porter. Si vous choisissez un sujet qui vous convienne, vous ne manquerez ni d'abondance, ni de cette clarté qui vient de l'ordre.
L'ordre aura cette vertu et ce charme, ou je me trompe fort, d'amener à dire tout de suite ce qui doit être dit tout de suite, de faire renvoyer le reste en le laissant de côté pour le moment ; s'attacher à une idée, en abandonner une autre, voilà ce qu'il faut faire quand on a entrepris un poème.
Pour l'arrangement des mots dans la phrase, il convient d'être minutieux et attentif : ce sera une belle réussite de donner de la nouveauté à un terme par une habile alliance de mots.

Horace, *Art poétique, ou Épître aux Pisons.*

21 mars

[Il] y a au monde une chose sainte et sublime, c'est l'union de deux de ces êtres si imparfaits et si affreux. On est souvent trompé en amour, souvent blessé et souvent malheureux ; mais on aime, et quand on est sur le bord de sa tombe, on se retourne pour regarder en arrière et on se dit : J'ai souffert souvent, je me suis trompé quelquefois, mais j'ai aimé. C'est moi qui ai vécu, et non pas un être factice créé par mon orgueil et mon ennui.

Alfred de Musset, *On ne badine pas avec l'amour*,
acte II, scène V.

22 mars

N'est-ce point inconcevable que l'homme si habile à faire des animaux ses utiles auxiliaires n'ait jamais songé à utiliser, autrement que pour ses parapluies, cet énorme et vigoureux cétacé qui a nom baleine ?

Ce n'est pas seulement par ses fortes dimensions et par sa vélocité peu commune que se recommande la baleine ; les navigateurs sont d'accord pour proclamer sa vive intelligence et son attachement sincère à tout être humain non pourvu de harpon.

Donc, messieurs, de grâce, ne tuons plus la baleine, faisons-en plutôt notre alliée fidèle, notre grosse amie.

Comment utiliser la baleine ?

1/ En l'attelant à des navires comme on attelle un cheval à une voiture.

L'expérience en a été faite avec la plus complète réussite au Pôle Sud par le capitaine Adrien de Gerlache, avec ses deux baleineaux Léopold et Cléo (j'ai raconté cette piquante aventure, en de récentes colonnes).

2 / En se servant de la baleine elle-même comme bateau.

Tout de suite, vous pensez à Jonas, n'est-ce pas, mes amis, et vous vous imaginez que je vais vous raconter des histoires de l'Ancien Testament.

Détrompez-vous, je n'eus jamais la prétention d'enfourner des marins dans les estomacs méphitiques des baleines. La position y serait malpropre et dénuée de confort.

Non, le procédé dont je vais avoir l'honneur d'entretenir ma riche clientèle est infiniment plus moderne.

Il est dû à l'heureuse initiative, couronnée de succès, du capitaine américain Moonson, un brave garçon dont le nom est bien connu de tous nos lecteurs.
Voici de quelle façon manœuvre l'ami Moonson.
Dès qu'il a capturé une baleine, il l'enferme dans un bassin assez étroit pour qu'elle ne puisse prendre aucun exercice, et il la gorge de nourriture.
À ce régime, la pauvre bête a bientôt fait d'engraisser terriblement.
Quand elle se trouve au mieux de sa forme (quelques baleines arrivent ainsi à doubler de volume), le capitaine Moonson la délarde en prenant toutefois la précaution de l'endormir au chloroforme.
Il la délarde, comprenez-vous bien ?
C'est-à-dire qu'il lui enlève les énormes paquets de graisse qu'elle a sous la peau, aux deux flancs.
Moonson obtient de la sorte des espaces vides dans lesquels il introduit deux vastes coffres en ébonite épousant la forme exacte de la cavité produite.
Au bout de quelques jours, notre baleine, soigneusement pansée, est guérie de sa petite opération et ne demande qu'à reprendre la mer.
Moonson prend place alors dans un des coffres, son matelot dans l'autre, et adieu va ! Vogue la galère.
La direction se fait électriquement, les deux nageoires pouvant être immobilisées par un courant.
Une supposition : Vous voulez virer tribord, vous n'avez qu'à faire passer votre courant dans la nageoire gauche et réciproquement. Rien n'est plus simple, comme vous voyez.

La baleine est mise dans l'impossibilité de plonger, grâce à des flotteurs adaptés de chaque côté.
D'ailleurs, les plus petits détails sont prévus, et nul doute que ce nouveau mode de navigation ne se généralise bientôt.
Moonson se propose de venir prochainement de New York à Paris sur son curieux appareil. Je lui prédis un vif succès de curiosité.

Alphonse Allais, « Autre mode d'utilisation de la baleine »,
in *Pour cause de fin de bail.*

23 mars

Es-tu brune ou blonde ?
Sont-ils noirs ou bleus,
Tes yeux ?
Je n'en sais rien, mais j'aime leur clarté profonde,
Mais j'adore le désordre de tes cheveux.

Es-tu douce ou dure ?
Est-il sensible ou moqueur,
Ton cœur ?
Je n'en sais rien, mais je rends grâce à la nature
D'avoir fait de ton cœur mon maître et mon vainqueur.

Fidèle, infidèle ?
Qu'est-ce que ça fait,
Au fait ?
Puisque, toujours dispose à couronner mon zèle
Ta beauté sert de gage à mon plus cher souhait.

Paul Verlaine, « Es-tu brune ou blonde ? »,
in *Chansons pour elle.*

24 mars

Vers le midi, l'ermite se présenta à la porte d'une maison très petite, où logeait un riche avare ; il y demanda l'hospitalité pour quelques heures. Un vieux valet mal habillé le reçut d'un ton rude, et fit entrer l'ermite et Zadig dans l'écurie, où on leur donna quelques olives pourries, du mauvais pain et de la bière gâtée. L'ermite but et mangea d'un air aussi content que la veille ; puis s'adressant à ce vieux valet qui les observait tous deux pour voir s'ils ne volaient rien, et qui les pressait de partir, il lui donna les deux pièces d'or qu'il avait reçues le matin, et le remercia de toutes ses attentions. « Je vous prie, ajouta-t-il, faites-moi parler à votre maître. » Le valet étonné introduisit les deux voyageurs : « Magnifique seigneur, dit l'ermite, je ne puis que vous rendre de très humbles grâces de la manière noble dont vous nous avez reçus : daignez accepter ce bassin d'or comme un faible gage de ma reconnaissance. » L'avare fut près de tomber à la renverse. L'ermite ne lui donna pas le temps de revenir de son saisissement, il partit au plus vite avec son jeune voyageur. « Mon père, lui dit Zadig, qu'est-ce que tout ce que je vois ? Vous ne me paraissez ressembler en rien aux autres hommes : vous volez un bassin d'or garni de pierreries à un seigneur qui vous reçoit magnifiquement, et vous le donnez à un avare qui vous traite avec indignité.
– Mon fils, répondit le vieillard, cet homme magnifique, qui ne reçoit les étrangers que par vanité, et pour faire admirer ses richesses, deviendra plus sage ; l'avare apprendra à exercer l'hospitalité : ne vous étonnez de rien, et suivez-moi. » Zadig ne savait encore s'il avait affaire au plus fou ou au plus sage de

tous les hommes ; mais l'ermite parlait avec tant d'ascendant que Zadig, lié d'ailleurs par son serment, ne put s'empêcher de le suivre.

Voltaire, « L'Ermite » (Chapitre XX),
in *Zadig ou la Destinée*.

25 mars

Couchée avec moi sur le flanc et me prenant les hanches entre les cuisses relevées, elle passa une main sous elle… y fit je ne sais quoi… puis me dirigea comme il lui plut.

La prestidigitation de certaines courtisanes réussit des tours incompréhensibles… Comme un jeune premier qui s'éveille dans le jardin d'une magicienne, je faillis soupirer : « Où suis-je ? » car mon enchanteresse demeurait immobile et je ne savais pas bien où j'étais entré. Je me tus pour garder un doute qui me laissait une espérance. Mais le doute s'évanouit aux premières paroles.

« Ne t'occupe pas de moi, dit-elle. Ne bouge pas. N'essaie pas de me prouver que tu sais t'y prendre. »

Pierre Louÿs, *Trois Filles de leur mère.*

26 mars

Que ta mémoire se rappelle sans cesse les questions que voici : « Quelle est la nature de l'ensemble des choses ? Quelle est ma propre nature ? Quelle relation ma nature soutient-elle avec l'autre ? Quelle partie forme-t-elle dans le tout ? Quel est ce tout dont elle fait partie ? » Et ajoute qu'il n'est personne au monde qui puisse t'empêcher jamais de faire et de dire ce qui découle comme conséquence nécessaire de la nature dont tu fais partie.

Marc Aurèle, *Pensées*.

27 mars

Le peu que je sais, c'est à mon ignorance que je le dois.

Si ceux qui disent du mal de moi savaient exactement ce que je pense d'eux, ils en diraient bien davantage !

Sacha Guitry, *Toutes réflexions faites.*

28 mars

La capacité d'aimer, le besoin d'être aimé en retour s'étaient éteints, avaient disparu. Mais lorsque la joie de l'espérance détermine de joyeux projets, aussitôt l'action se trouve et suit ! Si jamais amour exalte celui qui aime, j'ai pu en éprouver l'effet de la manière la plus libérale, et l'éprouver grâce à elle.

Goethe, « L'Élégie de Marienbad », in *L'Âme du monde*.

29 mars

« Je ne comprends point, madame, comment une personne aussi belle que vous l'êtes peut être aussi triste que vous le paraissez ; car quoique je puisse me vanter d'avoir vu une infinité de belles personnes, je puis dire que je n'en ai jamais vu dont la beauté approche de la vôtre.

— Cela vous plaît à dire, monsieur, lui répondit la princesse, et en demeure là.

— La beauté, reprit Riquet à la houppe, est un si grand avantage qu'il doit tenir lieu de tout le reste ; et quand on le possède, je ne vois pas qu'il y ait rien qui puisse nous affliger beaucoup.

— J'aimerais mieux, dit la princesse, être aussi laide que vous et avoir de l'esprit, que d'avoir de la beauté comme j'en ai, et être bête autant que je le suis.

— Il n'y a rien, madame, qui marque davantage qu'on a de l'esprit que de croire n'en pas avoir, et il est de la nature de ce bien-là que, plus on en a, plus on croit en manquer. »

Charles Perrault, *Riquet à la houppe.*

30 mars

Dieu le sait, jamais je n'ai cherché en toi que toi-même. C'est toi seul que je désirais, non ce qui t'appartenait ou ce que tu représentes. Je n'attendais ni mariage ni avantages matériels, ne songeais ni à mon plaisir ni à mes volontés, mais je n'ai cherché, tu le sais bien, qu'à satisfaire les tiennes. Le nom d'épouse paraît plus sacré et plus fort ; pourtant celui d'amie m'a toujours été plus doux.

« Lettre d'Héloïse à Abélard »,
in *Lettres des deux amants attribuées à Héloïse et Abélard.*

31 mars

Nathanaël, je te parlerai de tout.

Je mettrai dans tes mains, petit pâtre, une houlette sans métal, et nous guiderons doucement, en tous lieux, des brebis qui n'ont encore suivi aucun maître.

Pâtre, je guiderai tes désirs vers tout ce qu'il y a de beau sur terre.

Nathanaël, je veux enflammer tes lèvres d'une soif nouvelle, et puis approcher d'elles des coupes pleines de fraîcheur. J'ai bu ; je sais les sources où les lèvres se désaltèrent.

Nathanaël, je te raconterai les sources :

Il y a des sources qui jaillissent des rochers ;
Il y en a qu'on voit sourdre de sous les glaciers ;
Il y en a de si bleues qu'elles en ont l'air profondes.

André Gide, *Les Nourritures terrestres.*

PRINTEMPS

Le printemps attendu, espéré, convoqué, chanté par les auteurs les plus divers mais aussi les grandes plongées au cœur de thèmes universels, l'amour, la peur, les doutes, la passion, le sens de la vie, il suffit sous l'ombre d'un arbre de se laisser bercer. Observons les astres avec Ésope, versons vers les sources qui jaillissent des rochers offertes par Gide, étonnons-nous qu'elles soient si bleues et si profondes. Et puis, allez, lançons-nous à méditer avec Cioran : « Il faut vouloir être porteur d'une grande folie pour vouloir devenir pierre, bout de bois ou mauvaise herbe » ; interrogeons-nous aussi au moment du coucher, pourquoi Mme de Sévigné écrit-elle à Mme de Grignan[1] : « Que pensez-vous donc que soit la couleur des arbres depuis huit jours ? répondez. Vous allez dire : "Du vert." Point du tout, c'est du rouge » ? ; et convoquons Hemingway : « Quand le printemps venait, même le faux printemps, il ne posait aucun problème, celui d'être aussi heureux que possible[2]. »

---

1. *Lettre à Mme de Grignan.*
2. *Paris est une fête.*

AVRIL

1er avril

Les œufs jumeaux ont deux jaunes ; chez les uns, une mince séparation de blanc les empêche de se confondre l'un avec l'autre, mais d'autres œufs n'ont pas cette séparation et ils se touchent. Il y a des poules qui ne donnent naissance qu'à des œufs jumeaux et c'est dans leur cas qu'on voit ce qu'il advient du jaune. Car une poule a pondu et fait éclore dix-huit œufs jumeaux, à l'exception de ceux qui étaient séreux, tous les autres œufs étaient féconds, en précisant que des jumeaux, l'un était plus grand et l'autre plus petit et que le dernier œuf était monstrueux.

Aristote, *Histoire des animaux.*

2 avril

L'enfance est le royaume de la grande justice et de l'amour profond. Aucune chose n'est plus importante qu'une autre dans les mains d'un enfant. Il joue avec une broche en or ou bien avec une petite fleur blanche des prés. Quand il se lasse, il les laissera tomber l'une et l'autre avec la même indifférence, oubliant qu'éclairées par sa joie elles brillaient l'une et l'autre du même éclat. Il ignore l'angoisse de la perte. Le monde est encore pour lui cette belle coupe dans laquelle rien ne se perd. Et il éprouve comme étant à lui tout ce qu'il a une fois vu, ressenti ou entendu. Tout ce qu'il a une fois rencontré. Il ne contraint pas les choses à être sédentaires. Elles sont une troupe de sombres nomades, qui passe par ses mains sacrées comme par un arc de triomphe. Elles s'éclairent un moment dans son amour, pour ensuite se fondre à nouveau dans la pénombre ; mais toutes elles doivent en passer par cet amour. Et ce que l'amour a une fois illuminé y reste en images et ne se laisse plus jamais perdre. Et les images sont des biens qu'on possède. C'est pourquoi les enfants sont si riches.

Rainer Maria Rilke, *Sur l'art II.*

3 avril

Les gens de mérite hésitent à avoir du caractère parce qu'ils ont peur d'être traités de poire.
La mauvaise charité, c'est celle qui offre plutôt un verre de vin qu'une bouchée de pain.

Jules Renard, *Journal* (3 avril 1900).

4 avril

En voyant l'aveuglement et la misère de l'homme, en regardant l'univers muet et l'homme sans lumière, abandonné à lui-même, et comme égaré dans ce recoin de l'univers, sans savoir qui l'y a mis, ce qu'il y est venu faire, ce qu'il deviendra en mourant, incapable de toute connaissance, j'entre en effroi comme un homme qu'on aurait porté endormi dans une île déserte et effroyable, et qui s'éveillerait sans connaître où il est et sans moyen d'en sortir. Et sur cela j'admire comme on n'entre point en désespoir d'un si misérable état.

Pascal, « Les prophéties », in *Pensées*.

5 avril

Chers yeux si beaux qui cherchez un visage,
Vous si lointains, cachés par d'autres âges,
Apparaissant et puis disparaissant,
Ah ! protégés de vos cils seulement
Et d'un léger battement de paupières,
Sous le tonnerre et les célestes pierres
Chers yeux livrés aux tristes éléments
Que voulez-vous de moi, de quelle sorte
Puis-je montrer, derrière mille portes,
Que je suis prêt à vous porter secours,
Moi qui ne suis parmi les hommes
Qu'un homme de plus ou de moins
Tant le vivant ressemble au mort
Et l'arbre à l'ombre qui le tient
Et le jour, toujours poursuivi,
À la voleuse nuit.

Jules Supervielle, « Les yeux », in *Le Forçat innocent.*

6 avril

Si faire était aussi facile que savoir ce qu'il est bon de faire, les chapelles seraient des églises, et les chaumières des pauvres gens des palais princiers. C'est un bon prêtre, celui qui se conforme à ses propres sermons ; il m'est plus facile d'enseigner à vingt personnes ce qu'il est bon de faire que d'être une de ces vingt qui suivent mes propres leçons. Le cerveau peut bien inventer des lois pour modérer le sang, mais une nature ardente saute par-dessus les décrets les plus froids – la folle jeunesse est un lièvre qui bondit par-dessus les filets de cet estropié qu'est le bon conseil.

William Shakespeare, *Le Marchand de Venise*,
acte I, scène II.

7 avril

Sans doute, c'est le plus grand bonheur que je puisse avoir quand vous n'êtes pas auprès de moi, mon chéri, de vous écrire, mais j'aimerais mieux vous avoir et ne jamais écrire un seul mot, voilà mon vrai goût. Oh ! Et puis, fâchez-vous si vous le voulez. Oui, mon cher petit Toto, au lieu de gribouiller de l'amour cul par-dessus tête dans mon encrier, j'aimerais mieux me trifouiller pêle-mêle avec vous. Mais à qui servent mes désirs, mes goûts et mes préférences ? Ne faut-il pas que j'attende votre loisir, lequel n'arrive jamais que le plus tard possible et s'en va aussitôt qu'il est venu ? Et vous avez le front de me dire que vous m'aimez plus que je vous aime. Enfin…
Moi, je t'aime, entends-tu ? je t'aime. Et je m'en vante. Tu feras tout ce que tu voudras, tu diras toutes les absurdités qui te passeront par la tête, c'est comme cela : je t'aime. Je voudrais bien que tu aies dans ce moment un grain de désir qui me brûle pour te voir arriver un peu plus vite et pour nous aimer à bouche que veux-tu. Je serais bien heureuse et bien gaie, et je vous ferais toutes sortes de bonnes caresses, et je vous dirais toutes sortes de choses plus douces les unes que les autres. Mais il faut que vous soyez là.

Juju

Juliette Drouet, *Lettre à Victor Hugo*, 7 avril 1836.

8 avril

Si tu te replies dans l'étude, tu échapperas complètement au dégoût de la vie ; tu ne souhaiteras pas l'arrivée de la nuit par ennui du jour ; tu ne seras ni importun à toi-même ni inutile aux autres ; tu t'attireras bien des amis, et les meilleurs se presseront chez toi. Même obscure, la vertu ne reste jamais cachée ; elle donne des signes de son existence ; tous ceux qui en sont dignes sauront la reconnaître à ses traces. Car si nous renonçons à tout rapport social, si nous rompons avec le genre humain, si nous vivons tournés seulement vers nous-mêmes, cette solitude, privée de tout soin, aura pour résultat un désœuvrement absolu.

Sénèque, *De la constance du sage.*

9 avril

Vous avez un regard singulier et charmant ;
Comme la lune au fond du lac qui la reflète,
Votre prunelle, où brille une humide paillette,
Au coin de vos doux yeux roule languissamment ;

Ils semblent avoir pris ses feux au diamant ;
Ils sont de plus belle eau qu'une perle parfaite,
Et vos grands cils émus, de leur aile inquiète,
Ne voilent qu'à demi leur vif rayonnement.

Mille petits amours, à leur miroir de flamme,
Se viennent regarder et s'y trouvent plus beaux,
Et les désirs y vont rallumer leurs flambeaux.

Ils sont si transparents qu'ils laissent voir votre âme,
Comme une fleur céleste au calice idéal
Que l'on apercevrait à travers un cristal.

Théophile Gautier, « À deux beaux yeux »,
in *La Comédie de la mort.*

10 avril

Je sais, par expérience, qu'on ne tire pas un mince profit lorsqu'on est au lit dans l'obscurité, de repasser en esprit les contours essentiels des formes qu'on a étudiées précédemment, ou d'autres choses dignes de remarque, conçues par la subtile spéculation. Cet exercice est fort utile et recommandable pour fixer les choses dans sa mémoire.

Léonard de Vinci, *Carnets.*

11 avril

Dans les ténèbres qui m'enserrent,
Noires comme un puits où l'on se noie,
Je rends grâce aux dieux quels qu'ils soient
Pour mon âme invincible et fière.

Dans de cruelles circonstances,
Je n'ai ni gémi ni pleuré.
Meurtri par cette existence,
Je suis debout bien que blessé.

En ce lieu de colère et de pleurs,
Se profile l'ombre de la mort,
Et je ne sais ce que me réserve le sort,
Mais je suis et je resterai sans peur.

Aussi étroit soit le chemin,
Nombreux les châtiments infâmes,
Je suis le maître de mon destin :
Je suis le capitaine de mon âme.

Poème de William Ernest Henley extrait de *Invictus*.

12 avril

A noir, E blanc, I rouge, U vert, O bleu : voyelles,
Je dirai quelque jour vos naissances latentes :
A, noir corset velu des mouches éclatantes
Qui bombinent autour des puanteurs cruelles,

Golfes d'ombre ; E, candeurs des vapeurs et des tentes,
Lances des glaciers fiers, rois blancs, frissons d'ombelles ;
I, pourpres, sang craché, rire des lèvres belles
Dans la colère ou les ivresses pénitentes ;

U, cycles, vibrements divins des mers virides,
Paix des pâtis semés d'animaux, paix des rides
Que l'alchimie imprime aux grands fronts studieux ;

Ô, suprême Clairon plein des strideurs étranges,
Silences traversés des Mondes et des Anges ;
– Ô l'Oméga, rayon violet de Ses Yeux !

Arthur Rimbaud, « Voyelles ».

13 avril

Toute existence qui ne recèle pas une grande folie reste dépourvue de valeur. En quoi une telle existence se distinguerait-elle de celle d'une pierre, d'un bout de bois ou d'une mauvaise herbe ?
Je l'affirme en toute honnêteté, il faut vouloir être porteur d'une grande folie pour vouloir devenir pierre, bout de bois ou mauvaise herbe.

Emil Cioran, *Sur les cimes du désespoir.*

14 avril

Christel, souviens-toi que les choses au monde que je respecte le plus sont l'honneur et la droiture, souviens-toi que si je t'aime comme femme c'est aussi parce que je t'aime comme homme et qu'un de nos deux amours n'ira, jamais, pour moi sans l'autre… Il est très difficile d'être un homme. Mais s'il y a quelque chose qui compte dans la vie, s'il y a quelque chose de vraiment sacré, c'est ça : être un homme. C'est dans la mesure où tu le seras, ou tu t'efforceras de l'être (car c'est peut-être impossible) que tu seras toujours toute proche de moi, même si des milliers de kilomètres nous séparent, c'est par cette volonté dure d'arriver à être un homme que tu seras toujours, au sens le plus beau de ce mot, ma femme…

Romain Gary, *Lettre à Christel Kriland* (extrait),
14 avril 1938.

15 avril

La jeunesse vit dans l'illusion, attendant l'extraordinaire de la vie et d'elle-même ; par contre, chez les vieux, l'illusion touche souvent leur façon de se rappeler leur jeunesse. Une vieille femme, qui devrait, par son âge, en être dépouillée, baigne souvent, autant qu'une jeune fille, dans les illusions les plus imaginaires, quand en souvenir elle se représente ses années de jeune fille, comme elle était heureuse alors, comme elle était jolie, etc. Ce *fuimus* si fréquent sur les lèvres des vieux vaut bien comme illusion celle des jeunes tournée vers le futur ; chez les uns et les autres : mensonge ou poésie.

Søren Kierkegaard, *Traité du désespoir*.

16 avril

Ce mercredi.

Cher Monsieur,
J'ai eu hier, à mon retour de Normandie, une très agréable surprise en trouvant chez moi *La Faute de l'abbé Mouret* que vous avez eu l'extrême amabilité de m'envoyer.
Les quelques mots écrits sur la première page m'ont fait le plus vif plaisir.
Je viens de terminer la lecture de ce livre, et, si mon opinion peut avoir quelque prix pour vous, je vous dirai que je l'ai trouvé fort beau et d'une puissance extraordinaire, je suis absolument enthousiasmé, peu de lectures m'ont causé une aussi forte impression. J'ai vu, du reste, avec un vrai bonheur, que les journaux, qui jusque-là vous avaient été hostiles, ont enfin été obligés de se rendre et d'admirer.
Quant à ce qui m'est personnel : j'ai éprouvé d'un bout à l'autre de ce livre une singulière sensation ; en même temps que je voyais ce que vous décrivez, je le respirais ; il se dégage de chaque page comme une odeur forte et continue ; vous nous faites tellement sentir la terre, les arbres, les fermentations et les germes, vous nous plongez dans un tel débordement de reproduction que cela finit par monter à la tête, et j'avoue qu'en terminant, après avoir aspiré coup sur coup et « les arômes puissants de dormeuse en sueur… de cette campagne de passion séchée, pâmée au soleil dans un vautrement de femme ardente et stérile » et l'Ève du Paradou qui était « comme un grand bouquet d'une odeur forte » et les senteurs du parc

« Solitude nuptiale toute peuplée d'êtres embrassés » et jusqu'au Magnifique frère Archangias « puant lui-même l'odeur d'un bouc qui ne serait jamais satisfait », je me suis aperçu que votre livre m'avait absolument grisé et, de plus, fortement excité ! J'espère, cher Monsieur, que j'aurai le plaisir de vous voir dimanche chez Gustave Flaubert et que je pourrai vous dire tout le plaisir que vous m'avez fait. Recevez en attendant tous mes remerciements, et veuillez croire à mes sentiments les plus dévoués.

Lettre de Guy de Maupassant à Émile Zola,
in *Correspondance*, avril 1875.

17 avril

Et de quel droit prétendez-vous être aimée aujourd'hui parce que vous l'étiez hier ? Gardez donc le même visage, le même âge, la même humeur, soyez toujours la même, et l'on vous aimera toujours, si l'on peut. Mais changer sans cesse, et vouloir toujours qu'on vous aime, c'est vouloir qu'à chaque instant on cesse de vous aimer ; ce n'est pas chercher des cœurs constants, c'est en chercher d'aussi changeants que vous.

Jean-Jacques Rousseau, *Julie ou la Nouvelle Héloïse.*

18 avril

Les gouttes d'eau sont bien des mondes ;
Elles ont leurs monstres flottants.
Qui connaît leurs aurores blondes ?
Qui sait leurs combats de géants
Et les splendeurs que la nature
Prodigue dans la moisissure,
Qui leur forme des continents ?

Louise Michel, « Chanson des flots » (extrait),
in *Le Livre du bagne*.

19 avril

Je reviens encore à vous, ma bonne, pour vous dire que si vous avez envie de savoir, en détail, ce que c'est qu'un printemps, il faut venir à moi. Je n'en connaissais moi-même que la superficie ; j'en examine cette année jusqu'aux premiers petits commencements. Que pensez-vous donc que soit la couleur des arbres depuis huit jours ? répondez. Vous allez dire : "Du vert." Point du tout, c'est du rouge. Ce sont de petits boutons, tout prêts à partir, qui font un vrai rouge ; et puis ils poussent tous une petite feuille, et comme c'est inégalement, cela fait un mélange trop joli de vert et de rouge. Nous couvons tout cela des yeux ; nous parions de grosses sommes, mais c'est à jamais payer, – que ce bout d'allée sera tout vert dans deux heures, on dit que non : on parie. Les charmes ont leur manière, les hêtres une autre…

Mme de Sévigné, *Lettre à Mme de Grignan*, 19 avril 1690.

20 avril

Mais, parfois, dans un coin de cette vie que Swann voyait toute vide, si même son esprit lui disait qu'elle ne l'était pas, parce qu'il ne pouvait pas l'imaginer, quelque ami, qui, se doutant qu'ils s'aimaient, ne se fût pas risqué à lui rien dire d'elle que d'insignifiant, lui décrivait la silhouette d'Odette, qu'il avait aperçue, le matin même, montant à pied la rue Abbatucci dans une « visite » garnie de skunks, sous un chapeau « à la Rembrandt » et un bouquet de violettes à son corsage. Ce simple croquis bouleversait Swann parce qu'il lui faisait tout d'un coup apercevoir qu'Odette avait une vie qui n'était pas tout entière à lui.

Marcel Proust, *Du côté de chez Swann.*

21 avril

Ta langue dure comme un poisson de mer parcourt ma bouche et m'affole. Tes yeux chavirent comme deux grands Dreadnought touchés par un sous-marin. Puis, ma chérie, je te console et je te courbe et vergette l'adorable cul de mon petit garçon pas sage. Tu le hausses et l'abaisses ma Lou exquise en t'écartant comme un bel ange [...]. Alors, c'est dit ma grande gosse, tu es à moi [...].

Guillaume Apollinaire, *Lettre à Lou* (extrait),
21 avril 1915.

22 avril

Un homme avait deux chiens. Il dressa l'un à chasser et fit de l'autre un gardien du foyer. Or quand le chien de chasse sortait pour chasser et prenait quelque gibier, le maître en jetait une partie à l'autre chien aussi. Le chien de chasse mécontent fit des reproches à son camarade : c'était lui qui sortait et avait le mal en toute occasion, tandis que son camarade, sans rien faire, jouissait du fruit de ses travaux ! Le chien de garde répondit : « Eh mais ! ce n'est pas moi qu'il faut blâmer, mais notre maître qui m'a appris, non à travailler, mais à vivre du travail d'autrui. » C'est ainsi que les enfants paresseux ne sont pas à blâmer quand leurs parents les élèvent dans la paresse.

Ésope, « Les deux chiens », in *Fables*.

23 avril

Les nourritures saines s'obtiennent sans filet ni piège.
Les années de disette, qu'on sorte poids, mesures & nombres.
Aucun oiseau ne monte jamais trop haut si c'est de ses propres ailes.
Un cadavre ne se venge pas de ses blessures.
L'acte le plus sublime : mettre quelqu'un plus haut que soi.

William Blake, *Le Mariage du Ciel et de l'Enfer.*

24 avril

« Si les prières du juste, dirent-ils, sont assez puissantes pour attendrir la divinité, si elles fléchissent la colère des dieux, dis-nous, Thémis, par quels moyens peuvent être réparées les pertes de notre race et accorde ton secours, ô déesse miséricordieuse, au monde submergé. » La déesse touchée rendit cet oracle : « Éloignez-vous du temple, voilez-vous la tête, détachez la ceinture de vos vêtements et jetez derrière votre dos les os de votre grand-mère. »
Ils restèrent longtemps interdits ; la première, Pyrrha rompt le silence et refuse d'obéir aux ordres de la déesse ; d'une voix tremblante elle la supplie de lui pardonner si elle n'ose outrager l'ombre de sa mère en jetant ses os çà et là. Cependant ils réfléchissent à la réponse de l'oracle, qu'enveloppe une si profonde obscurité, et ils la retournent en tous sens dans leur esprit. Enfin le fils de Prométhée calme la fille d'Épiméthée par ces paroles rassurantes : « Ou ma sagacité m'abuse, dit-il, ou l'oracle respecte la piété filiale et ne nous conseille aucun crime. Notre grande mère, c'est la terre ; les pierres dans le corps de la terre, sont, j'en suis convaincu, ce qu'il appelle ses os ; voilà ce qu'il nous ordonne de jeter derrière notre dos. » Quoique cette interprétation ébranle la fille du Titan, elle hésite à espérer, tant ils se défient tous les deux des instructions célestes ; mais que leur en coûtera-t-il d'essayer ? Ils s'éloignent, se voilent la tête, dénouent leur tunique et, comme ils en ont reçu l'ordre, lancent des pierres derrière leurs pas. Ces pierres (qui le croirait si l'Antiquité ne l'attestait ?) perdent leur dureté et leur apparence rigide, elles s'amollissent

peu à peu et, en s'amollissant, prennent une nouvelle forme. Puis elles s'allongent, leur nature s'adoucit et on peut y reconnaître jusqu'à un certain point, quoique vague encore, la figure humaine, telle qu'elle commence à sortir du marbre, à peine ébauchée et toute pareille aux statues imparfaites. La partie de ces pierres où quelques sucs liquides se mêlent à la terre devient de la chair, ce qui est solide et ne peut fléchir se change en os ; ce qui était veine subsiste sous le même nom ; dans un bref espace de temps, comme l'avaient voulu les dieux, les pierres lancées par des mains masculines prirent la forme d'un homme et le sexe féminin dut une nouvelle vie à celles qu'une femme avait jetées. Voilà pourquoi nous sommes une race dure, à l'épreuve de la fatigue ; nous donnons nous-mêmes la preuve de notre origine première.

Ovide, *Les Métamorphoses*.

25 avril

L'homme évite habituellement d'accorder de l'intelligence à autrui, sauf quand par hasard il s'agit d'un ennemi.

La majorité des imbéciles reste invincible et satisfaite en toute circonstance. La terreur provoquée par leur tyrannie se dissipe simplement par leur divertissement et leur inconséquence.

Pour être un membre irréprochable parmi une communauté de moutons, il faut avant toute chose être soi-même un mouton.

Albert Einstein, *Comment je vois le monde.*

26 avril

Quand le printemps venait, même le faux printemps, il ne se posait qu'un seul problème, celui d'être aussi heureux que possible. Rien ne pouvait gâter une journée, sauf les gens, et si vous pouviez vous arranger pour ne pas avoir de rendez-vous, la journée n'avait pas de frontières. C'était toujours les gens qui mettaient des bornes au bonheur, sauf ceux, très rares, qui étaient aussi bienfaisants que le printemps lui-même.

Ernest Hemingway, *Paris est une fête*.

27 avril

Une salle avec du feu, des bougies,
Des soupers toujours servis, des guitares,
Des fleurets, des fleurs, tous les tabacs rares,
Où l'on causerait pourtant sans orgies.

Au printemps lilas, roses et muguets,
En été jasmins, œillets et tilleuls
Rempliraient la nuit du grand parc où, seuls
Parfois, les rêveurs fuiraient les bruits gais.

Les hommes seraient tous de bonne race,
Dompteurs familiers des Muses hautaines,
Et les femmes, sans cancans et sans haines,
Illumineraient les soirs de leur grâce.

Et l'on songerait, parmi ces parfums
De bras, d'éventails, de fleurs, de peignoirs,
De fins cheveux blonds, de lourds cheveux noirs,
Aux pays lointains, aux siècles défunts.

Charles Cros, « La vie idéale », in *Le Coffret de santal.*

28 avril

Un beau visage est le plus beau de tous les spectacles; et l'harmonie la plus douce est le son de voix de celle que l'on aime.

Un homme qui serait en peine de connaître s'il change, s'il commence à vieillir, peut consulter les yeux d'une jeune femme qu'il aborde et le ton dont elle lui parle: il apprendra ce qu'il craint de savoir. Rude école.

Jean de La Bruyère, « Des femmes », in *Les Caractères.*

29 avril

Le bonheur qu'on imagine serait une suite non interrompue de plaisirs : une telle série est incompatible avec nos organes et notre destination. Il y a un grand plaisir à manger et à boire, un plus grand plaisir est dans l'union de deux sexes ; mais il est clair que si l'homme mangeait toujours, ou était toujours dans l'extase de la jouissance, ses organes n'y pourraient suffire ; il est encore évident qu'ils ne pourraient remplir les destinations de la vie, et que le genre humain en ce cas périrait par le plaisir.

Voltaire, *Dictionnaire philosophique.*

30 avril

Observe en effet, toutes les fois qu'un rayon de soleil se glisse et répand son faisceau de lumière dans l'obscurité de nos demeures : tu verras une multitude de menus corps se mêler de mille manières parmi le vide dans le faisceau même des rayons lumineux, et, comme engagés dans une lutte éternelle, se livrer combats, batailles, guerroyer par escadrons, sans prendre trêve, agités par des rencontres et des divorces sans nombre : tu pourras conjecturer par là ce qu'est l'agitation éternelle des corps premiers dans le vide immense, pour autant qu'un petit fait peut nous fournir un modèle des plus grands, et nous mettre sur la trace de leur connaissance.

Lucrèce, *De la nature.*

MAI

1er mai

1er mai 1909

Minet chéri,

Reçu tes jolies cartes postales. Tu es heureuse de voir de si beaux pays, seulement le temps te manque pour les visiter. Pau ! qu'il doit faire bon demeurer là ! Je t'écris pour t'écrire mon trésor chéri, car il ne se passe rien ici qui vaille la peine d'être raconté.
Nous nous portons bien, et c'est beaucoup.
Il fait froid ; nous faisons du feu. La grêle tombe et voilà.
Tes succès se succèdent et se ressemblent. Il paraît que Meg va lutter à mains plates avec une quelconque. Dam ! On fait ce qu'on peut...
Ta Minne est encore pleine de petits chats, elle a été chercher ça le jour où elle a disparu ;
Je t'embrasse mon toutou chéri, comme je t'aime.

Ta mère

Sido, *Lettres à Colette.*

2 mai

Un jour du mois de mai, Joie et Tristesse se rencontrèrent près d'un lac. Elles se saluèrent l'une l'autre, s'assirent non loin des eaux calmes et bavardèrent.
Joie parla de la beauté qui est sur la Terre, de l'enchantement quotidien de la vie dans la forêt et au milieu des collines, ainsi que des chants que l'on entend à l'aube et au crépuscule.
Tristesse parla à son tour, elle acquiesçait à tous les propos de Joie ; car Tristesse connaissait la magie de l'instant et la beauté qui en découle. Et Tristesse était loquace lorsqu'elle parlait du mois de mai dans les champs et au milieu des collines.
Joie et Tristesse parlèrent longtemps et leur avis concordaient en toutes choses qu'elles connaissaient.
Pendant ce temps, de l'autre côté du lac, deux chasseurs passaient par là. Ils regardaient la berge opposée et l'un d'eux dit : « Je me demande bien qui sont ces deux personnes. » L'autre répondit : « Deux personnes ? Je n'en vois qu'une. »
Le premier chasseur dit : « Mais il y en a deux. » Le second répliqua : « Je n'en vois qu'une, et le reflet du lac est bien celui d'une seule personne. »
« Non, elles sont deux, assura le premier chasseur, et le reflet dans l'eau calme est celui de deux personnes. »
Mais le second homme reprit : « Une et une seule personne, je vois. » Et l'autre d'insister : « Mais j'en vois deux si clairement ! »
Aujourd'hui encore, l'un des chasseurs continue de dire que l'autre voit double, alors que l'autre affirme : « Mon ami est un peu aveugle. »

Khalil Gibran, « Les Grenades », in *Œuvres complètes.*

3 mai

Dans une rose à Bagatelle
Naquit un jour la coccinelle.
Dans une rose de Provins
Elle compta jusqu'à cent vingt.
Dans une rose à Mogador
Elle a vécu en thermidor.
Dans une rose à Jéricho
Elle évita le sirocco.
Dans une rose en Picardie
Elle a trouvé son paradis :
Coccinelle à sept points,
Bête à bon Dieu, bête à bon-point.

Robert Desnos, « La coccinelle », in *Chantefables et Chantefleurs.*

4 mai

À quoi reconnais-tu que le fruit est mûr ? – À ceci qu'il quitte la branche. Tout mûrit pour le don et se parachève en offrande. Ô fruit plein de saveur, qu'enveloppe la volupté, je sais qu'il te faut faire abandon de toi pour germer. Qu'elle meure donc ! qu'elle meure, cette douceur autour de toi. Cette abondante chair exquise et sucrée, qu'elle meure ! car elle appartient à la terre. Qu'elle meure afin que tu vives. Je sais que « si le fruit ne meurt, il reste seul ».
Seigneur ah ! donnez-moi de n'attendre pas la mort pour mourir.
C'est en se renonçant que toute vertu se parachève. C'est à la germination que prétend l'extrême succulence du fruit.
La vraie éloquence résigne l'éloquence ; l'individu ne s'affirme jamais plus que lorsqu'il s'oublie. Qui songe à soi s'empêche. Je n'admire jamais tant la beauté que lorsqu'elle ne sait plus qu'elle est belle.

André Gide, *Les Nourritures terrestres.*

5 mai

Jeudi,
Très chère Madame,
Ma source limpide ! Quelle gratitude je voudrais t'exprimer. Je ne veux voir ni fleurs, ni ciel, ni soleil – sauf en toi. Tout est beaucoup plus beau et beaucoup plus féerique sous ton regard : la fleur à ton abord, je le sais pour avoir dû autrefois voir les choses sans toi – frissonne dans la mousse, seule et languissante ; elle se reflète dans ta bonté lumineuse et légèrement vibrante, et touche de sa petite tête le ciel dont le rayonnement resurgit de tes profondeurs. Et le rayon de soleil qui arrive poussiéreux et unique à tes confins se transfigure et se démultiplie en milliers d'étincelles dans les ondes lumineuses de ton âme. Ma source limpide. Je veux voir le monde à travers toi, car ainsi je ne verrai pas le monde mais rien que toi, toi, toi !
Tu es mon jour de fête. Et quand je te visite en rêve, j'ai toujours des fleurs dans mes cheveux.
Je voudrais mettre des fleurs dans tes cheveux. Lesquelles ? Aucune n'est d'une simplicité suffisamment touchante. En quel mois de mai les trouver ?

Rainer Maria Rilke, *Lettres à Lou Andreas-Salomé*.

6 mai

« Oui, l'amour nous frappa comme l'éclair. Je le sus le jour même, une heure plus tard, quand nous nous retrouvâmes, sans avoir vu aucune des rues où nous étions passés, sur les quais, au pied des murailles du Kremlin.
« Nous causions comme si nous nous étions quittés la veille, comme si nous nous connaissions depuis de nombreuses années. Nous convînmes de nous retrouver le lendemain au même endroit, au bord de la Moskova. Et nous nous y retrouvâmes en effet. Le soleil de mai nous inondait de lumière. Et bientôt, très bientôt, cette femme devint secrètement mon épouse. »

Mikhaïl Boulgakov, *Le Maître et Marguerite*.

7 mai

Tant que l'amour dure, il subsiste de soi-même, et quelquefois par les choses qui semblent le devoir éteindre, par les caprices, par les rigueurs, par l'éloignement, par la jalousie ; l'amitié, au contraire, a besoin de secours : elle périt faute de soins, de confiance, de complaisance.

Jean de La Bruyère, « Cœur », in *Les Caractères*.

8 mai

Si le pavage est rouge et si le mur est blanc,
Si les rideaux du lit sont peints de fleurs naïves
Et si la vaste chambre où, le soir, tu arrives
Te donne un bon sommeil qu'achève un réveil lent,

Sois heureux. L'aube est claire. Une treille suspend
Le long de la croisée une grappe massive
Dont se gonfle par grains le pourpre qui s'avive
Sur le carreau veiné par un pampre rampant.

Lève-toi, les pieds nus, pour ouvrir la fenêtre ;
L'odeur du foin qu'on coupe et du trèfle pénètre
Avec l'aurore gaie et le vent du matin ;

Écoute ; un arrosoir, là-bas, heurte une bêche,
Et plus loin, par-delà la haie et le jardin,
Le doux bruit d'une faux siffle dans l'herbe fraîche.

Henri de Régnier, « Réveil », in *Les Médailles d'argile.*

9 mai

Mais quoi ! dit Zadig, il est donc nécessaire qu'il y ait des crimes et des malheurs, et les malheurs tombent sur des gens de bien ? – Les méchants, répondit Jesrad, sont toujours malheureux : ils servent à éprouver un petit nombre de justes répandus sur la terre, et il n'y a point de mal dont il ne naisse un bien. – Mais, dit Zadig, s'il n'y avait que du bien, et point de mal ? – Alors, reprit Jesrad, cette terre serait une autre terre ; l'enchaînement des événements serait un autre ordre de sagesse ; et cet autre ordre, qui serait parfait, ne peut être que dans la demeure éternelle de l'Être suprême, de qui le mal ne peut approcher.

Voltaire, « L'Ermite » (chapitre XX),
in *Zadig ou la Destinée.*

10 mai

Marinette, du mot « marin » : c'est l'ancien mot de la boussole.
Une charrette lourde et lente comme un bouvier.
Chacune de nos lectures laisse une graine qui germe.
Un ciel inachevé dont il semble qu'on ait voulu essuyer les nuages avec la manche.
Un grand frisson de vent passe sur la campagne.
Capus ne rêve pas assez ce qu'il fait.
Je regarde remuer les feuilles du petit poirier, qui ne remue pas.
Hirondelles. Sourcils épars dans l'air.
L'accent circonflexe est l'hirondelle de l'écriture.
Au vol, elles se passent, de bec en bec, leurs petits cris.
Le château gardé par ses noirs sapins.
Si j'étais oiseau, je ne coucherais que dans les nuages.

Jules Renard, *Journal*, 8 mai 1901.

11 mai

Au printemps l'oiseau naît et chante :
N'avez-vous pas ouï sa voix ?...
Elle est pure, simple et touchante,
La voix de l'oiseau – dans les bois !

L'été, l'oiseau cherche l'oiselle ;
Il aime – et n'aime qu'une fois !
Qu'il est doux, paisible et fidèle,
Le nid de l'oiseau – dans les bois !

Puis quand vient l'automne brumeuse,
Il se tait... avant les temps froids.
Hélas ! qu'elle doit être heureuse
La mort de l'oiseau – dans les bois !

Gérard de Nerval, « Dans les bois », in *Odelettes*.

12 mai

12 mai. – J'ai un peu de fièvre depuis quelques jours ; je me sens souffrant, ou plutôt je me sens triste.
D'où viennent ces influences mystérieuses qui changent en découragement notre bonheur et notre confiance en détresse ? On dirait que l'air, l'air invisible est plein d'inconnaissables Puissances, dont nous subissons les voisinages mystérieux. Je m'éveille plein de gaieté, avec des envies de chanter dans la gorge. – Pourquoi ? – Je descends le long de l'eau ; et soudain, après une courte promenade, je rentre désolé, comme si quelque malheur m'attendait chez moi. – Pourquoi ? – Est-ce un frisson de froid qui, frôlant ma peau, a ébranlé mes nerfs et assombri mon âme ? Est-ce la forme des nuages ou la couleur du jour, les couleurs des choses si variable, qui, passant par mes yeux, a troublé ma pensée ? Sait-on ? Tout ce qui nous entoure, tout ce que nous voyons sans le regarder, tout ce que nous frôlons sans le connaître, tout ce que nous touchons sans le palper, tout ce que nous rencontrons sans le distinguer, a sur nous, sur nos organes, et, par eux, sur nos idées, sur notre cœur lui-même, des effets rapides, surprenants et inexplicables ?
Comme il est profond, ce mystère de l'Invisible ! Nous ne pouvons le sonder avec nos sens misérables, avec nos yeux qui ne savent apercevoir ni le trop petit, ni le trop grand, ni le trop près, ni le trop loin, ni les habitants d'une étoile, ni les habitants d'une goutte d'eau…

Guy de Maupassant, *Le Horla*.

13 mai

L'éloquence des passions nous trompe presque toujours ; j'entends par là cette fantasmagorie triste ou gaie, brillante ou lugubre, que nous déroule l'imagination selon que notre corps est reposé ou fatigué, excité ou déprimé. Tout naturellement nous accusons alors les choses et nos semblables, au lieu de deviner et de modifier la cause réelle, souvent petite et sans conséquence.

Alain, *Propos sur le bonheur*.

14 mai

Je vis, je meurs ; je me brûle et me noie ;
J'ai chaud extrême en endurant froidure :
La vie m'est et trop molle et trop dure.
J'ai grands ennuis entremêlés de joie.

Tout à coup je ris et je larmoie,
Et en plaisir maint grief tourment j'endure ;
Mon corps s'en va, et à jamais il dure ;
Tout en un coup je sèche et je verdoie.

Ainsi Amour inconstamment me mène ;
Et, quand je pense avoir plus de douleur,
Sans y penser je me trouve hors de peine.

Puis, quand je crois ma joie être certaine,
Et être au haut de mon désir heur,
Il me remet en mon premier malheur.

Louise Labé, « Je vis, je meurs ; je me brûle et me noie »,
sonnet VIII, in *Sonnets*.

15 mai

Toute rage, toute misère, toute force :
Qui s'arme de l'amour vaincra toute fortune.

Michel-Ange, « Distique », in *Poésies*.

16 mai

Heureux qui, comme Ulysse, a fait un beau voyage,
Ou comme celui-là qui conquit la toison,
Et puis est retourné, plein d'usage et raison,
Vivre entre ses parents le reste de son âge!

Quand reverrai-je, hélas, de mon petit village
Fumer la cheminée, et en quelle saison
Reverrai-je le clos de ma pauvre maison,
Qui m'est une province et beaucoup davantage?

Plus me plaît le séjour qu'ont bâti mes aïeux,
Que de palais Romains le front audacieux;
Plus le marbre dut me plaît l'ardoise fine:

Plus mon Loir gaulois que le Tibre latin,
Plus mon petit Liré, que le Mont-Palatin
Et plus que l'air marin la douceur angevine

Joachim Du Bellay in *Les Regrets*.

17 mai

Comme le matin rit sur les roses en pleurs !
Oh ! les charmants petits amoureux qu'ont les fleurs !
Ce n'est dans les jasmins, ce n'est dans les pervenches
Qu'un éblouissement de folles ailes blanches
Qui vont, viennent, s'en vont, reviennent, se fermant,
Se rouvrant, dans un vaste et doux frémissement.
Ô printemps ! quand on songe à toutes les missives
Qui des amants rêveurs vont aux belles pensives,
À ces cœurs confiés au papier, à ce tas
De lettres que le feutre écrit au taffetas,
Aux messages d'amour, d'ivresse et de délire
Qu'on reçoit en avril et qu'en mai l'on déchire,
On croit voir s'envoler, au gré du vent joyeux,
Dans les prés, dans les bois, sur les eaux, dans les cieux,
Et rôder en tous lieux, cherchant partout une âme,
Et courir à la fleur en sortant de la femme,
Les petits morceaux blancs, chassés en tourbillons,
De tous les billets doux, devenus papillons.

Victor Hugo, « Vere novo », in *Les Contemplations.*

18 mai

La sagesse est grande, ce me semble, de souffrir la tempête avec résignation, et de jouir du calme quand il lui plaît de nous le redonner : c'est suivre l'ordre de la Providence. La vie est trop courte pour s'arrêter si longtemps sur le même sentiment ; il faut prendre le temps comme il vient, et je sens que je suis de cet heureux tempérament ; *e me ne pregio*, comme disent les Italiens. Jouissons, mon cher cousin, de ce beau sang qui circule si doucement et si agréablement dans nos veines.

Mme de Sévigné, *Lettre au comte de Bussy-Rabutin*,
14 mai 1686.

19 mai

Une fourmi de dix-huit mètres
Avec un chapeau sur la tête
Ça n'existe pas, ça n'existe pas

Une fourmi traînant un char
Plein de pingouins et de canards
Ça n'existe pas, ça n'existe pas

Une fourmi parlant français
Parlant latin et javanais
Ça n'existe pas, ça n'existe pas

Et pourquoi pas ?

Robert Desnos, « La fourmi », in *Chantefables et Chantefleurs*.

20 mai

Le miroir s'enorgueillit de garder en lui l'image de la reine, mais quand elle est partie, le miroir demeure en sa basse condition.

Léonard de Vinci, « Fable », in *Carnets*.

21 mai

Je ne réclame de celles-ci [les fleurs] que ce qui est permis aux sens grossiers de l'homme. La lumière du microscope, projetée sur leurs secrets, il est trop tard pour qu'elle me tente. C'est bien assez que l'oxalis s'endorme avec grâce, que s'évanouisse la sensitive, que la petite grassette, si douce, referme sur l'insecte sa feuille, la tue et le digère. Le chardon à foulon, j'ai cru longtemps qu'il n'emplissait ses godets sous l'averse ; mais on m'apprend que dans cette eau il déploie des rets impalpables, pièges à la taille des visiteurs minuscules…
C'est trop que de s'aventurer dans la connaissance occulte de la fleur, de ses ruses, des tours de force réalisés par son appareil vexillaire. Ténébreuse en ses desseins, carnivore, insectivore, vivante partant criminelle, elle a de quoi nous confondre d'étonnement. Mais toutes les amours ne vivent pas que de s'étonner. Où allons-nous, déchirant une à une les apparences, rencontrant la vie derrière ce qui ne bougeait pas, un système nerveux sous l'écorce, le don de souffrir dans ce que nous croyons impassible ? Pendant combien de temps pourrons-nous donner le nom d'inconcevable à ce qui nous est inconnu ? Je songe à une enfant intelligente, avide de connaître la plante et la corolle, la balistique des pollens, la science topographique des racines, la stratégie du germe : « Mais alors, dit-elle rêveusement, il n'y a pas de végétaux ? »

Colette, *Belles Saisons*.

22 mai

Le 22 mai 1830.

Ô mes lettres d'amour, de vertu, de jeunesse,
C'est donc vous ! Je m'enivre encore à votre ivresse ;
Je vous lis à genoux.
Souffrez que pour un jour je reprenne votre âge !
Laissez-moi me cacher, moi, l'heureux et le sage,
Pour pleurer avec vous !

J'avais donc dix-huit ans ! j'étais donc plein de songes !
L'espérance en chantant me berçait de mensonges.
Un astre m'avait lui !
J'étais un dieu pour toi qu'en mon cœur seul je nomme !
J'étais donc cet enfant, hélas ! devant qui l'homme
Rougit presque aujourd'hui !

Ô temps de rêverie, et de force, et de grâce !
Attendre tous les soirs une robe qui passe !
Baiser un gant jeté !
Vouloir tout de la vie, amour, puissance et gloire !
Être pur, être fier, être sublime, et croire
À toute pureté !

À présent, j'ai senti, j'ai vu, je sais. – Qu'importe
Si moins d'illusions viennent ouvrir ma porte
Qui gémit en tournant !
Oh ! que cet âge ardent, qui me semblait si sombre,

À côté du bonheur qui m'abrite à son ombre,
Rayonne maintenant!

Que vous ai-je donc fait, ô mes jeunes années,
Pour m'avoir fui si vite, et vous être éloignées,
Me croyant satisfait?
Hélas! pour revenir m'apparaître si belles,
Quand vous ne pouvez plus me prendre sur vos ailes,
Que vous ai-je donc fait?

Oh! quand ce doux passé, quand cet âge sans tache,
Avec sa robe blanche où notre amour s'attache,
Revient dans nos chemins,
On s'y suspend, et puis que de larmes amères
Sur les lambeaux flétris de vos jeunes chimères
Qui vous restent aux mains!

Oublions! oublions! Quand la jeunesse est morte,
Laissons-nous emporter par le vent qui l'emporte
À l'horizon obscur.
Rien ne reste de nous; notre œuvre est un problème.
L'homme, fantôme errant, passe sans laisser même
Son ombre sur le mur!

Victor Hugo, « Ô mes lettres d'amour »,
in *Les Feuilles d'automne.*

23 mai

Il faut vouloir être heureux et y mettre du sien. Si l'on reste dans la position du spectateur impartial, laissant seulement entrée au bonheur et portes ouvertes, c'est la tristesse qui entrera. Le vrai du pessimisme est en ceci que la simple humeur non gouvernée va au triste ou à l'irrité ; comme on voit par l'enfant inoccupé, et l'on attend pas longtemps. L'attrait du jeu, si puissant à cet âge, n'est pas celui qui éveille la faim ou la soif ; mais plutôt j'y vois une volonté d'être heureux par le jeu, comme on voit que sont les autres. Et la volonté trouve ici sa prise, parce qu'il ne s'agit de se mouvoir, de fouetter la toupie, de courir et de crier ; choses que l'on peut vouloir, parce que l'exécution suit aussitôt. La même résolution se voit dans les plaisirs du monde, qui sont plaisirs par décret, mais qui exigent aussi que l'on s'y mette par le costume et l'attitude, ce qui soutient le décret. Ce qui plaît surtout au citadin dans la campagne, c'est qu'il y va ; l'agir porte le désirer. Je crois que nous ne savons pas bien désirer ce que nous ne pouvons faire, et que l'espérance non aidée est toujours triste. C'est pourquoi la vie privée est toujours triste si chacun attend le bonheur comme quelque chose qui lui est dû.

Alain, *Propos sur le bonheur.*

24 mai

Les abeilles connaissent à l'avance le mauvais temps et la pluie ; la preuve en est qu'elles ne s'éloignent pas et, même si le temps est encore beau, elles restent sur place, et c'est à cela que les apiculteurs savent que les abeilles attendent le mauvais temps. Et lorsqu'elles s'accrochent les unes aux autres dans la ruche, c'est le signe qu'elles vont l'abandonner. Et les apiculteurs aspergent la ruche de vin doux, lorsqu'ils s'en rendent compte. Il convient de planter autour des ruches des poiriers, des fèves, de l'herbe médique, syrienne, de l'ers, du myrte, du pavot, du serpolet, de l'amandier. Certains apiculteurs reconnaissent leurs propres abeilles à la pâture, en les saupoudrant de farine. Si le printemps est tardif et qu'il y a une sécheresse et lorsqu'il y a de la rouille, les abeilles ont une semence moindre. Voilà donc ce qui concerne les abeilles.

Aristote, *Histoire des animaux.*

25 mai

La volupté du mensonge.

Quand il fait l'éloge de quelqu'un, il lui semble qu'il se dénigre un peu.

Il s'endettait, dans la mesure de ses ressources.

Dévisager quelqu'un pour se faire l'œil.

Jules Renard, *Journal*, 11 janvier 1893.

26 mai

Plutarque : Certainement. Iris, l'arc-en-ciel est un phénomène de réfraction de la lumière. Les rayons du soleil rencontrent une buée de pluie au travers de laquelle ils se brisent, et cette métamorphose nous laisse croire que l'arc-en-ciel est produit par cette buée.
C'est exactement comme dans l'ingénieux miracle de l'amour. Chez les esprits supérieurs, il crée une réfraction du monde idéal qui matérialise l'image de la Beauté divine, la seule vraie, la seule qui vaille d'être contemplée.

Plutarque, *Erotikos, dialogue sur l'amour*.

27 mai

À Bacharach il y avait une sorcière blonde
Qui laissait mourir d'amour tous les hommes à la ronde

Devant son tribunal l'évêque la fit citer
D'avance il l'absolvit à cause de sa beauté

Ô belle Loreley aux yeux pleins de pierreries
De quel magicien tiens-tu ta sorcellerie

Je suis lasse de vivre et mes yeux sont maudits
Ceux qui m'ont regardée évêque en ont péri

Mes yeux ce sont des flammes et non des pierreries
Jetez jetez aux flammes cette sorcellerie

Je flambe dans ces flammes ô belle Loreley
Qu'un autre te condamne tu m'as ensorcelé

Évêque vous riez Priez plutôt pour moi la Vierge
Faites-moi donc mourir et que Dieu vous protège

Mon amant est parti pour un pays lointain
Faites-moi donc mourir puisque je n'aime rien

Mon cœur me fait si mal il faut bien que je meure
Si je me regardais il faudrait que j'en meure

Mon cœur me fait si mal depuis qu'il n'est plus là
Mon cœur me fit si mal du jour où il s'en alla

L'évêque fit venir trois chevaliers avec leurs lances
Menez jusqu'au couvent cette femme en démence

Va-t-en en folie va Lore aux yeux tremblants
Tu seras une nonne vêtue de noir et blanc

Puis ils s'en allèrent sur la route tous les quatre
La Loreley les implorait et ses yeux brillaient comme des astres

Chevaliers laissez-moi monter sur ce rocher si haut
Pour voir encore une fois mon beau château

Pour me mirer une fois encore dans le fleuve
Puis j'irai au couvent des vierges et des veuves

Là-haut le vent tordait ses cheveux déroulés
Les chevaliers criaient Loreley Loreley

Tout là-bas sur le Rhin s'en vient une nacelle
Et mon amant s'y tient il m'a vue il m'appelle

Mon cœur devient si doux c'est mon amant qui vient
Elle se penche alors et tombe dans le Rhin

Pour avoir vu dans l'eau la belle Loreley
Ses yeux couleur du Rhin ses cheveux de soleil.

Guillaume Apollinaire, « La Loreley », in *Alcools.*

28 mai

Le seul moyen de se débarrasser d'une tentation est d'y céder. Essayez de lui résister, et votre âme aspire maladivement aux choses qu'elle s'est défendues ; avec, en plus, le désir pour ce que des lois monstrueuses ont fait illégal et monstrueux.

Oscar Wilde, *Le Portrait de Dorian Gray.*

29 mai

L'homme est un animal métaphysique. Sans doute, quand sa conscience ne fait encore que s'éveiller, il se figure être intelligible sans effort ; mais cela ne dure pas longtemps : avec la première réflexion se produit déjà cet étonnement qui fut pour ainsi dire le père de la métaphysique. C'est en ce sens qu'Aristote dit au début de sa *Métaphysique* : « *Propter admirationem enim et nunc et primo inceperunt homines philosophari* [Car c'est l'émerveillement qui poussa les hommes à philosopher] ». De même, avoir l'esprit philosophique, c'est être capable de s'étonner des événements habituels et des choses de tous les jours, de se poser comme sujet d'étude ce qu'il y a de plus général et de plus ordinaire, tandis que l'étonnement du savant ne se produit qu'à propos de phénomènes rares et choisis, et que tout son problème se réduit à ramener ce phénomène à un autre plus connu. Plus l'homme est inférieur par l'intelligence, moins l'existence a pour lui de mystère. Toute chose lui paraît porter en elle-même l'explication de son comment et de son pourquoi. Cela vient de ce que son intellect est encore resté fidèle à sa destination originelle, et qu'il est simplement le réservoir des motifs à la disposition de la volonté ; aussi, étroitement lié au monde et à la nature, comme partie intégrante d'eux-mêmes, est-il loin de s'abstraire de l'ensemble des choses, pour se poser ensuite en face du monde et l'envisager ensuite objectivement, comme si lui-même, pour un moment au moins, existait en soi et pour soi. Au contraire, l'étonnement philosophique, qui résulte du sentiment de cette dualité, suppose dans l'individu un degré supérieur d'intelligence, quoique pourtant ce n'en soit

pas là l'unique condition : car, sans doute, c'est la considération des choses de la mort et les considérations de la douleur et de la misère de la vie qui donnent la plus forte impulsion à la pensée philosophique et à l'explication philosophique du monde. Si notre vie était infinie et sans douleur, il n'arriverait à personne de se demander pourquoi le monde existe et pourquoi il y a précisément telle nature particulière ; mais toutes les choses se comprendraient d'elles-mêmes. [...]
Suivant moi, la philosophie naît de l'étonnement au sujet du monde et de notre propre existence, qui s'imposent à notre intellect comme une énigme dont la solution ne cesse dès lors de préoccuper l'humanité.

Arthur Schopenhauer, *Le Monde comme volonté et comme représentation.*

30 mai

À force de chercher de bonnes raisons, on en trouve, on les dit ; et après on y tient, non pas tant parce qu'elles sont bonnes que pour ne pas se démentir.

On s'ennuie de tout, mon Ange, c'est une loi de la nature ; ce n'est pas ma faute. Si donc je m'ennuie aujourd'hui d'une aventure qui m'a occupé entièrement depuis quatre mortels mois, ce n'est pas ma faute.

Soyons de bonne foi ; dans nos arrangements, aussi froids que faciles, ce que nous appelons bonheur est à peine un plaisir.

Pierre Choderlos de Laclos, *Les Liaisons dangereuses.*

31 mai

Souviens-toi de te méfier.

Phrase gravée dans la bague de Prosper Mérimée.

JUIN

1er juin

C'est un grand dieu que l'Amour, et véritablement digne d'être honoré des dieux et des hommes par beaucoup d'endroits, mais surtout à cause de son ancienneté : car il n'y a point de dieu plus ancien que lui [...], de tous les dieux, l'Amour est le plus ancien, le plus auguste, et le plus capable de rendre l'homme vertueux et heureux durant sa vie et après sa mort.

Platon, *Le Banquet*, in *Œuvres de Platon*.

2 juin

Le lion et l'âne, ayant fait alliance ensemble, partirent pour la chasse. Ils arrivèrent à une caverne où étaient des chèvres sauvages ; tandis que le lion, posté à l'entrée, guettait leur sortie, l'âne, entré à l'intérieur, les poussait devant lui et se mettait à braire pour les effrayer. Quand le lion en eut attrapé le plus grand nombre, l'âne, sortant, demanda s'il n'avait pas bravement combattu et poursuivi les chèvres. Le lion lui répondit : « Eh bien, mais sache-le : moi-même j'aurais eu peur de toi, si je n'avais pas su que c'était toi. »
Ainsi ceux qui se vantent devant ceux qui les connaissent s'exposent justement à faire rire d'eux.

Ésope, « Le lion et l'âne chassant de compagnie », in *Fables.*

3 juin

J'aime celui dont l'âme se dépense, qui ne veut point qu'on lui dise merci et qui ne restitue point : car il donne toujours et ne veut pas se conserver.
[…]
J'aime celui dont l'âme est profonde, même dans la blessure, celui qu'une petite aventure peut faire périr, car il franchira le pont sans hésiter.

Friedrich Nietzsche, *Ainsi parlait Zarathoustra.*

4 juin

« Tu n'as jamais été amoureux ? dit Ginia sans le regarder.
— De vous autres ? Je n'ai pas le temps. »
Quand ils furent las de marcher, ils allèrent dans un café jouer les amoureux, et Guido alluma une cigarette et écouta ce qu'elle lui disait, en regardant les gens qui entraient et qui sortaient. Puis, pour lui faire plaisir, il dessina son profil au crayon sur le marbre. « Tu sais, lui dit Ginia, je suis contente que tu n'aies jamais été amoureux.
— Si ça te fait plaisir... », dit Guido.

Cesare Pavese, *Le Bel Été*.

5 juin

Et, tout doucement, ils s'embrassèrent, puis s'étreignirent, étendus sur l'herbe, sans conscience de rien que de leur baiser. Elle avait fermé les yeux et le tenait à pleins bras, le serrant éperdument, sans une pensée, la raison perdue, engourdie de la tête aux pieds dans une attente passionnée. Et elle se donna tout entière sans savoir ce qu'elle faisait, sans comprendre même qu'elle s'était livrée à lui.

Guy de Maupassant, « Le père »,
in *Contes du jour et de la nuit.*

6 juin

Les prés ont une odeur d'herbe verte et mouillée,
Un frais soleil pénètre en l'épaisseur des bois,
Toute chose étincelle, et la jeune feuillée
Et les nids palpitants s'éveillent à la fois,

Les cours d'eau diligents aux pentes des collines
Ruissellent, clairs et gais, sur la mousse et le thym ;
Ils chantent au milieu des buissons d'aubépines
Avec le vent rieur et l'oiseau du matin.

Les gazons sont tous pleins de voix harmonieuses ;
L'aube fait un tapis de perles aux sentiers,
Et l'abeille, quittant les prochaines yeuses,
Suspend son aile d'or aux pâles églantiers.

Sous les saules ployants, la vache lente et belle
Paît dans l'herbe abondante au bord des tièdes eaux ;
Le joug n'a point encor courbé son cou rebelle ;
Une rose vapeur emplit ses blonds naseaux.

Et par-delà le fleuve aux deux rives fleuries
Qui, vers l'horizon bleu, coule à travers les prés,
Le taureau mugissant, roi fougueux des prairies,
Hume l'air qui l'enivre, et bat ses flancs pouprés.

Leconte de Lisle, « Juin », in *Poèmes antiques.*

7 juin

Une constatation que je peux vérifier, à mon grand regret, à chaque instant : seuls sont heureux ceux qui ne pensent jamais, autrement dit ceux qui ne pensent que le strict minimum nécessaire pour vivre. La vraie pensée ressemble, elle, à un démon qui trouble les sources de la vie, ou bien à une maladie qui en affecte les racines mêmes. Penser à tout moment, se poser des problèmes capitaux à tout bout de champ et éprouver un doute permanent quant à son destin ; être fatigué de vivre, épuisé par ses pensées et par sa propre existence au-delà de toute limite ; laisser derrière soi une traînée de sang et de fumée comme symbole du drame et de la mort de son être – c'est être malheureux au point que le problème de la pensée vous donne envie de vomir et que la réflexion vous apparaît comme une damnation.

Emil Cioran, *Sur les cimes du désespoir.*

8 juin

Je reconnais, mon hôte, en toutes tes paroles, les pensées d'un ami, d'un père pour son fils ; je n'en oublierai rien. Mais voyons, reste encore, si pressé que tu sois ! Je t'offrirai le bain, des divertissements et, pour rentrer à bord l'âme toute joyeuse, quelques cadeaux de prix, quelque beau souvenir qui te reste de moi, comme on doit s'en donner entre hôtes quand on s'aime.

Homère, « Odyssée », in *Iliade - Odyssée*.

9 juin

Je suis né ennuyé, c'est là la lèpre qui me ronge. Je m'ennuie de la vie, de moi, des autres, de tout. À force de volonté, j'ai fini par prendre l'habitude du travail ; mais quand je l'ai interrompu, tout mon embêtement revient à fleur d'eau, comme une charogne boursouflée, étalant son ventre vert, et empestant l'air qu'on respire.

J'ai cherché à éviter les passions ; elles sont venues. Quand je ne suis plus dans l'exercice de l'une d'elles, quand je t'ai eue quelques jours, par exemple, et que je reviens ici, rien ne pourra te donner l'idée de ce qui se passe en moi.

Gustave Flaubert, *Lettre à Louise Colet*, 2 décembre 1846.

10 juin

L'alouette est un oiseau qui, dit-on, porté auprès d'un malade, détourne la tête et évite de le regarder s'il doit mourir. Mais si ce malade doit échapper à la maladie, l'oiseau ne l'abandonne pas des yeux et de cette façon lui ôte la maladie.
Ainsi, l'amour de la vertu ne considère jamais chose vile ou laide mais demeure toujours avec l'honnête et le bien, et toujours, en son cœur gentil, garde l'exemple des oiseaux dans les vertes forêts et les rameaux fleuris. Cet amour se révèle mieux dans l'adversité que dans la prospérité, telle la lumière qui resplendit davantage dans un site sombre.

Léonard de Vinci, *Carnets*.

11 juin

Pardon, pardon, j'ai peut-être tort à quelques égards, mais dans une situation si cruelle, est-il étonnant qu'on soit susceptible ? Et si vous vouliez, je ne le serais pas. Un mot de vous remet du calme dans mon âme, et de la raison dans ma tête.
Mais pourquoi faut-il toujours que j'arrache ce mot ? Je vous jure que cela me tue, et que je suis plus épuisé d'une nuit de telles souffrances, que de je ne sais quelles douleurs physiques dont tout le monde frémirait. Ce n'est pas ma faute si je vous aime tant ; et pourtant je ne vous témoigne que je vous aime que de la manière que vous le voulez. Il est certain que si vous m'aviez écrit une ligne hier matin, vingt-quatre heures d'agonie m'étaient épargnées. Je renais à présent, mais je renais comme après une crise affreuse où toutes les forces ont été brisées.
Croyez-vous que cela soit volontaire ? Croyez-vous que je ne donnerais pas la moitié de ma vie pour retrouver pendant l'autre moitié le repos que j'ai perdu ? Au nom du ciel, je vous en conjure à genoux, au nom de ma vie, je me connais bien, je n'exagère rien, je ne joue point le désespoir quand je n'en ai pas. Rendez-moi ces moments où je pouvais causer avec vous. Ils suffisent à m'aider à vivre, mais vous vous êtes malgré vous emparée de moi et quand le lien qui m'unit à vous me paraît se rompre, je ne puis que tomber dans un délire qui est plus fort que moi, et je détruis le peu de moyens qui me restent de me relever de ma triste et douloureuse position. Je me trouve maudit de Dieu quand vous m'abandonnez. Toute la nature me semble me repousser. L'abandon, l'opprobre, la

malédiction semblent m'entourer. Il s'en est peu fallu que je ne me tuasse cette nuit. J'ai voulu prier. J'ai frappé la terre de mon front. J'ai invoqué la pitié céleste. Point de pitié. Il se peut que je commence à devenir fou.

Benjamin Constant, *Lettre à Mme Récamier.*

12 juin

À chaque pas qu'il faisait sur la route, Siddhartha apprenait quelque chose de nouveau, car le monde pour lui était transformé et son cœur transporté d'enchantement. Il vit le soleil se lever au-dessus des montagnes boisées et se coucher derrière les lointains palmiers de la rive ; il vit, la nuit, les étoiles, leur belle ordonnance dans le ciel et le croissant de la lune, tel un bateau flottant dans l'azur. Il vit des arbres, des astres, des animaux, des nuages, des arcs-en-ciel, des rochers, des plantes, des fleurs, des ruisseaux et des rivières, les scintillements de la rosée le matin sur les buissons, de hautes montagnes d'un bleu pâle, au fond de l'horizon, des oiseaux qui chantaient, des abeilles, des rizières argentées qui ondulaient sous le souffle du vent. Toutes ces choses et mille autres encore, aux couleurs les plus diverses, elles avaient toujours existé, le soleil et la lune avaient toujours brillé, les rivières avaient toujours fait entendre leur bruissement et les abeilles leur bourdonnement ; mais tout cela, Siddhartha ne l'avait vu autrefois qu'à travers un voile menteur et éphémère qu'il considérait avec défiance et que sa raison devait écarter et détruire, puisque la réalité n'était point là, mais au-delà des choses visibles. Maintenant ses yeux désabusés s'arrêtaient en deçà de ces choses, ils les voyaient telles qu'elles étaient, se familiarisaient avec elles, sans s'inquiéter de leur essence et de ce qu'elles cachaient, il tâchait de découvrir le petit point de ce monde où il arrêterait ses pas. Qu'il était beau le monde pour qui le contemplait ainsi, naïvement, simplement, sans autre pensée que d'en jouir ! Que la lune et le firmament étaient beaux ! Qu'ils étaient beaux aussi les ruisseaux et leurs bords ! Et la forêt, et les chèvres et les scarabées d'or, et les fleurs et les papillons ! Comme il faisait bon de marcher ainsi, libre, dispos, sans souci, l'âme confiante et ouverte à toutes les impressions. Le soleil qui lui brûlait la tête était tout autre, tout autres aussi la fraîcheur de l'ombre dans les bois, l'eau du ruisseau et celle de la citerne, le goût des calebasses et des bananes. Les jours et les nuits passaient sans qu'il s'en aperçût ; les heures fuyaient comme la voile du bateau sur les ondes et chacune d'elles lui apportait des trésors de joie. Siddhartha vit passer une troupe de singes dans la voûte verte de la forêt, sur les plus hautes branches, et il prêta l'oreille à leurs cris sauvages. Il vit un bouc poursuivre une brebis et la couvrir. Il vit, dans les joncs d'un étang, le brochet affamé se livrer à sa chasse du soir et, devant lui, une multitude de petits poissons affolés fuir sur l'eau, brillants et scintillants ; les rapides tourbillons que la bête de proie traçait dans l'eau donnaient une impression de force et de fureur irrésistibles.

Rien de tout cela n'était nouveau ; mais il ne l'avait jamais vu ; sa pensée l'en avait toujours tenu éloigné. Maintenant, il était auprès de ces choses, il en faisait partie. La lumière et les ombres avaient trouvé le chemin de ses yeux, la lune et les étoiles celui de son âme.

Hermann Hesse, *Siddhartha*.

13 juin

Tout vouloir procède d'un besoin, c'est-à-dire d'une privation, c'est-à-dire d'une souffrance. La satisfaction y met fin ; mais pour un désir qui est satisfait, dix au moins sont contrariés ; de plus, le désir est long, et ses exigences tendent à l'infini ; la satisfaction est courte, et elle est parcimonieusement mesurée. Mais ce contentement suprême n'est lui-même qu'apparent ; le désir satisfait fait place aussitôt à un nouveau désir ; le premier est une déception reconnue, le second est une déception non encore reconnue. La satisfaction d'aucun souhait ne peut procurer de contentement durable et inaltérable. C'est comme l'aumône qu'on jette à un mendiant : elle lui sauve aujourd'hui la vie pour prolonger sa misère jusqu'à demain. – Tant que notre conscience est remplie par notre volonté, tant que nous sommes asservis à l'impulsion du désir, aux espérances et aux craintes continuelles qu'il fait naître, tant que nous sommes sujets du vouloir, il n'y a pour nous ni bonheur durable ni repos. Poursuivre ou fuir, craindre le malheur ou chercher la jouissance, c'est en réalité tout un ; l'inquiétude d'une volonté toujours exigeante, sous quelque forme qu'elle se manifeste, emplit et trouble sans cesse la conscience ; or sans repos le véritable bonheur est impossible. Ainsi le sujet du vouloir ressemble à Ixion attaché sur une roue qui ne cesse de tourner, aux Danaïdes qui puisent toujours pour emplir leur tonneau, à Tantale éternellement altéré.

Arthur Schopenhauer, *Le Monde comme volonté et comme représentation.*

14 juin

À Ninon

Il y a juste dix ans, ma chère âme, que je t'ai conté mes premiers contes. Quels beaux amoureux nous étions alors ! J'arrivais de cette terre de Provence, où j'ai grandi si libre, si confiant, si plein de tous les espoirs de la vie. J'étais à toi, à toi seule, à ta tendresse, à ton rêve.

Te souviens-tu, Ninon ? Le souvenir est aujourd'hui l'unique joie où mon cœur se repose. Jusqu'à vingt ans, nous avons battu ensemble les sentiers. J'entends tes petits pieds sur la terre dure ; j'aperçois des bouts de ta jupe blanche au ras des herbes folles ; je sens ton haleine parmi de lointains souffles de sauge, qui m'arrivent comme des bouffées de jeunesse. Et les heures charmantes se précisent : c'était un matin, sur la berge, au bord de l'eau réveillée à peine, toute pure, toute rose des premières rougeurs du ciel ; c'était une après-midi, dans les arbres, dans un trou de feuilles, avec la campagne écrasée, dormant autour de nous, sans un frisson ; c'était un soir, au milieu d'un pré, lentement noyé sous le flot bleuâtre du crépuscule, qui coulait des coteaux ; c'était une nuit, marchant le long d'une route interminable, allant tous deux à l'inconnu, insoucieux des étoiles elles-mêmes, au seul bonheur de laisser la ville, de nous perdre loin, très loin, au fond de l'ombre discrète.

Te souviens-tu, Ninon ?

Quelle vie heureuse ! Nous étions lâchés dans l'amour, dans l'art, dans le songe. Il n'est pas de buisson qui n'ait caché nos baisers, étouffé nos causeries. Je t'emmenais, je te promenais, comme la vivante poésie de mon enfance. À nous deux, nous avions le ciel, la terre, et les arbres, et les eaux, jusqu'aux roches nues qui fermaient l'horizon. Il me semblait, à cet âge, qu'en ouvrant les bras, j'allais prendre toute la campagne sur ma poitrine, pour lui donner un baiser de paix. Je me sentais des forces, des désirs, des bontés de géant. Nos courses de gamins échappés, nos amours d'oiseaux libres, m'avaient inspiré un grand mépris du monde, une tranquille croyance aux seules énergies de la vie. Oui, c'est dans tes tendresses de toutes les heures, mon amie, que j'ai fait jadis cette provision de courage, dont mes compagnons, plus tard, se sont si souvent étonnés. Les illusions de nos cœurs étaient des armures d'acier fin, qui me protègent encore.

Je te quittai, je quittai cette Provence dont tu étais l'âme, et ce fut toi que, dès la veille de la lutte, j'invoquais comme une bonne sainte. Tu eus mon premier livre. Il était tout plein de ton être, tout parfumé du parfum de tes cheveux. Tu m'avais envoyé au combat, avec un baiser au front, en amante brave qui veut la victoire du soldat qu'elle aime. Et moi, je ne me souvenais toujours que de ce baiser, je ne pensais qu'à toi, je ne pouvais parler que de toi.

Émile Zola, *Nouveaux Contes à Ninon*, Paris,
1er octobre 1874.

15 juin

Comme une ville qui s'allume
Et que le vent vient d'embrasser,
Tout mon cœur brûle et se consume,
J'ai soif, ô ! j'ai soif d'un baiser.

Baiser de la bouche et des lèvres
Où notre amour vient se poser,
Plein de délices et de fièvres,
Ah ! j'ai soif, j'ai soif d'un baiser !

Baiser multiplié que l'homme
Ne pourra jamais épuiser,
Ô toi, que tout mon être nomme,
J'ai soif, oui, j'ai soif d'un baiser.

Fruit doux où la fièvre s'amuse,
Beau fruit qui rit de s'écraser,
Qu'il se donne ou qu'il se refuse,
Je veux vivre pour ce baiser.

Baiser d'amour qui règne et sonne
Au cœur battant à se briser,
Qu'il se refuse ou qu'il se donne,
Je veux mourir pour ce baiser.

Germain Nouveau, « Le baiser », in *Valentines.*

16 juin

Un succès constant dans l'obtention de ces choses que, de temps en temps, l'on désire, autrement dit une constante prospérité, est appelé félicité. J'entends la félicité en cette vie. Car il n'y a rien qui ressemble à la béatitude perpétuelle de l'esprit, tant que nous vivons ici, parce que la vie n'est elle-même que le mouvement et ne peut être ni sans désir ni sans crainte.

Thomas Hobbes, *Léviathan* (I, 6).

17 juin

D'un sage, j'entendis une charmante histoire
sur la noire corneille avec le blanc faucon.
Sans cesse, elle disait : « Nous sommes deux amis,
étant tous deux de même espèce et origine.
– Nous sommes compagnons, sauf en fait de mérite ;
n'est-il pas intervalle entre nos deux natures ?
De mon repas, les plus grands rois mangent les restes ;
tu emplis ton jabot d'ordure et de charogne.
Au palais, sur le poing des rois, et à l'église,
je m'installe ; mais toi, sur la ruine ou les tombes.
Ma couleur, c'est repos ; mais la tienne, tourment ;
car mon but est louable ; et le tien réprouvé.
Les rois ont un penchant vers moi, mais non vers toi :
le bien incline au bien ; le mal incline au mal.

Onsori, « La corneille et le faucon »,
in *Anthologie de la poésie persane.*

18 juin

On ne passe point dans le monde pour se connaître en vers si l'on n'a mis l'enseigne de poète, de mathématicien, etc. Mais les gens universels ne veulent point d'enseigne et ne mettent guère de différence entre le métier de poète et celui de brodeur. Les gens universels ne sont appelés ni poètes, ni géomètres, etc. Mais ils sont tout cela et juges de tous ceux-là. On ne les devine point. Ils parleront de ce qu'on parlait quand ils sont entrés. On ne s'aperçoit point en eux d'une qualité plutôt que d'une autre, hors de la nécessité de la mettre en usage, mais alors on s'en souvient. Car il est également de ce caractère qu'on ne dise point d'eux qu'ils parlent bien quand il n'est point question du langage et qu'on dise d'eux qu'ils parlent bien quand il en est question.
C'est donc une fausse louange qu'on donne à un homme quand on dit de lui lorsqu'il entre qu'il est fort habile en poésie et c'est une mauvaise marque quand on n'a pas recours à un homme quand il s'agit de juger de quelques vers.

Pascal, « Pensées morales détachées », in *Pensées.*

19 juin

Samedi, après-midi, 19 juin

Mon ami, je me flatte que tu connais mon cœur ; mais tu n'auras jamais une idée trop étendue de sa sincérité, non plus que de son attachement pour toi. Quoi qu'on fasse ou propose, les événements sont incertains, la diversité des possibles est effrayante ; la vie même tient à peu de chose, mais les sentiments d'une âme vraiment honnête sont aussi durables que les vertus qui les font naître. Je ne sais quel nuage obscur m'environne quelquefois et me dérobe à l'avenir ; on n'est pas toujours gaie. Les personnes sensibles sont sujettes à ces sortes de terreurs qu'on nomme pressentiments, quand l'effet les justifie par hasard ; au milieu de cette agitation, je retrouve avec douceur le penchant qui m'unit à toi, l'assurance de t'être toujours chère et la confiance de le mériter. Ce langage te paraît singulier ; tiens, j'ai de la mélancolie ; je pleure en t'écrivant ces lignes sans savoir pourquoi, sans pouvoir m'en défendre.

« Lettre de Marie Philipon à Jean-Marie Roland »,
in Mme Roland, *Lettres d'amour*, Mercure de France.

20 juin

Par vos beaux yeux je vois une douce lumière
Qu'avec les miens, aveugles, ne pourrais voir ;
Sur le dos je transporte avec vos jambes un faix
Que ne sauraient porter mes pieds boiteux.

Privé de plumes, je vole avec vos ailes ;
Par votre esprit, je suis mû vers le ciel ;
Selon votre plaisir, je rougis, je pâlis,
Je brûle aux brumes froid' et je gèle au soleil.

C'est en votre vouloir que seul est mon vouloir ;
En votre cœur, mes pensées se fabriquent,
Et mes paroles, les porte votre souffle.

Je suis, me semble-t-il, ce qu'est la lune :
Au ciel nos yeux ne sauraient la trouver,
Sinon dans la mesure où le soleil l'allume.

Michel-Ange, « Sonnet », in *Poésies.*

21 juin

En outre, pourquoi voyons-nous suivant l'appel de la saison fleurir la rose au printemps, mûrir les blés aux chaleurs, les vignes en automne ? N'est-ce pas qu'une fois accomplie en son temps l'union féconde des éléments particuliers à chaque espèce, tout être créé paraît au jour quand la saison est favorable, et que la terre pleine de vie produit sans crainte à la lumière ces tendres créatures ? Que si elles étaient créées de rien, elles surgiraient soudain au hasard du moment et dans des saisons qui ne seraient pas les leurs, puisqu'en ce cas il n'y aurait pas de germes dont l'époque défavorable pourrait empêcher l'union fécondante. Allons plus loin : pour croître, les corps n'auraient pas besoin du délai nécessaire à la réunion de leurs éléments, s'ils pouvaient s'agrandir de rien. De tous petits enfants se changeraient soudain en hommes faits ; sortant tout à coup de terre surgiraient ses arbres. De tout ceci il est manifeste que rien ne se produit, puisque tout s'accroît peu à peu, comme il est naturel, par des éléments déterminés, et que chaque être garde en grandissant ses caractères spécifiques : à quoi l'on peut reconnaître que chaque espèce s'accroît et se nourrit de matériaux appropriés.

Lucrèce, *De la nature*.

22 juin

L'empire fondé sur l'opinion et l'imagination règne quelque temps, et cet empire est doux et volontaire. Celui de la force règne toujours. Ainsi l'opinion est comme la reine du monde, mais la force en est le tyran.

Nous ne nous soutenons pas dans la vertu par notre propre force, mais par le contrepoids de deux vices opposés, comme nous demeurons debout entre deux vents contraires. Ôtez un de ces vices, nous tombons dans l'autre.

Pascal, « Pensées mêlées », in *Pensées.*

23 juin

Votre souvenir m'a donné une joie sensible, et m'a réveillé l'agrément de notre ancienne amitié. Vos vers m'ont fait souvenir de ma jeunesse, et je voudrais savoir pourquoi le souvenir de la perte irréparable ne donne point de tristesse ; au lieu du plaisir que j'ai senti, il me semble qu'on devrait pleurer. Mais sans examiner d'où peut venir ce sentiment, je veux m'attacher à celui que me donne la reconnaissance que j'ai de votre présent. Vous ne pouvez douter qu'il ne me soit agréable, puisque amour-propre y trouve si bien son compte, et que j'y suis célébrée par le plus bel esprit de mon temps. Il faudrait pour l'honneur de vos vers que j'eusse mieux mérité tout celui que vous me faites. Telle que j'ai été et telle que je suis, je n'oublierai jamais votre solide amitié et je serai toute ma vie la plus reconnaissante comme la plus ancienne de vos très humbles servantes.

Mme de Sévigné, *Lettre à Ménage*, 23 juin 1673.

24 juin

Fuis l'étude qui donne naissance à une œuvre destinée à mourir en même temps que son ouvrier.

Nul conseil n'est aussi loyal que celui qu'on donne sur un navire en péril.

Que celui qui règle sa conduite sur les conseils d'un jouvenceau s'attende au désastre.

La justice exige de la puissance, de l'intelligence et de la volonté. Elle ressemble à la reine des abeilles.

Léonard de Vinci, *Carnets*.

25 juin

Mardi, 25 juin 1839, 8 heures du soir.

Je te réponds tout de suite, chère enfant, afin que cette lettre t'arrive avant ton départ. Ton petit billet m'a fait bien plaisir. Tu t'amuses, tu es contente, cela suffit à tes parents, ma fille ; nous te sentons heureuse, nous sommes heureux. Il ne faut pas t'étonner si ta bonne mère ne t'a pas écrit. Elle est bien occupée, tu le sais. Elle a toute la maison à tenir, et elle passe tous les jours quatre heures à faire travailler ce pauvre ange de Dédé. Remercie bien en notre nom l'excellente Mme Chaley et toute sa famille pour les bontés dont tu as été comblée. Moi je te remercie d'avoir copié ces vers. J'ai pris quelques heures aux promenades, aux jeux, aux causeries sous les arbres ; mais puisque cela ne t'a pas ennuyée, je suis content. Cela t'a fait penser à ton père qui n'a besoin de rien pour penser à toi. À jeudi, ma Didine bien-aimée. Tu vas nous revenir, et cette idée remplit la maison de joie. À jeudi, mon ange. Ton bon père, V.

Victor Hugo, *Lettre à Léopoldine.*

26 juin

Que j'aime voir, chère indolente,
De ton corps si beau,
Comme une étoffe vacillante,
Miroiter la peau !
Sur ta chevelure profonde
Aux âcres parfums,
Mer odorante et vagabonde
Aux flots bleus et bruns,
Comme un navire qui s'éveille
Au vent du matin,
Mon âme rêveuse appareille
Pour un ciel lointain.
Tes yeux, où rien ne se révèle
De doux ni d'amer,
Sont deux bijoux froids où se mêle
L'or avec le fer.
À te voir marcher en cadence,
Belle d'abandon,
On dirait un serpent qui danse
Au bout d'un bâton.
Sous le fardeau de ta paresse
Ta tête d'enfant
Se balance avec la mollesse
D'un jeune éléphant,
Et ton corps se penche et s'allonge
Comme un fin vaisseau
Qui roule bord sur bord et plonge

Ses vergues dans l'eau.
Comme un flot grossi par la fonte
Des glaciers grondants,
Quand l'eau de ta bouche remonte
Au bord de tes dents,
Je crois boire un vin de Bohême,
Amer et vainqueur,
Un ciel liquide qui parsème
D'étoiles mon cœur !

Charles Baudelaire, « Le serpent qui danse »,
in *Les Fleurs du mal.*

27 juin

Je conclus donc que, la fortune étant variable et les hommes obstinés dans leurs façons, ils sont heureux tant qu'ils s'accordent ensemble et, dès qu'ils discordent, malheureux. Je juge certes ceci : qu'il est meilleur d'être impétueux que circonspect, car la fortune est femme, et il est nécessaire, à qui veut la soumettre, de la battre et la rudoyer. Et l'on voit qu'elle se laisse plutôt vaincre par ceux-là que par ceux qui procèdent avec froideur. Et c'est pourquoi toujours, en tant que femme, elle est amie des jeunes, parce qu'ils sont moins circonspects, plus hardis, et avec plus d'audace la commandent.

Machiavel, *Le Prince* (chapitre XXV).

28 juin

L'innocence est ignorance. Dans l'innocence l'homme n'est pas encore déterminé comme esprit, mais l'âme l'est dans une unité immédiate avec son être naturel. L'esprit en est encore à rêver dans l'homme. Cette interprétation est en plein accord avec la Bible qui, en refusant à l'homme dans l'innocence le discernement entre le bien et le mal, condamne toutes les imaginations méritoires du catholicisme. Dans cet état il y a calme et repos ; mais en même temps il y a autre chose qui n'est cependant pas trouble et lutte ; car il n'y a rien contre quoi lutter. Mais qu'est-ce alors ? Rien. Mais l'effet de ce rien ? Il enfante l'angoisse. C'est là le mystère profond de l'innocence d'être en même temps de l'angoisse. Rêveur, l'esprit projette sa propre réalité qui n'est rien, mais ce rien voit toujours l'innocence hors de lui-même. L'angoisse est une détermination de l'esprit rêveur, et, à ce titre, a sa place dans la psychologie. La veille pose la différence entre moi-même et cet autre en moi, le sommeil la suspend, le rêve la suggère comme un vague néant. La réalité de l'esprit se montre toujours comme une figure qui tente son possible, mais disparaît dès qu'on veut la saisir, et qui est un rien ne pouvant que nous angoisser. Davantage elle ne peut, tant qu'elle ne fait que se montrer. On ne voit presque jamais le concept de l'angoisse traité en psychologie, je fais donc remarquer sa complète différence d'avec la crainte et autres concepts semblables qui renvoient toujours à une chose précise, alors que l'angoisse est la réalité de la liberté parce qu'elle en est le possible.

Søren Kierkegaard, *Le Concept de l'angoisse.*

29 juin

Décor : bruit de ruche au travail,
Cuisine fiévreuse au jardin,
Dossiers des bergères de paille,
Taons noirs posés comme des grains

Soudain tout s'arrête à l'appel,
Chacun interrompt son labeur :
Nouvelle jeunesse du miel,
L'antique lilas est en fleur !

Au loin, des charrois, l'été brûle ;
L'éclair ouvre grands les bouquets, –
L'averse envahit les cellules
Où s'est accomplie la beauté.

Tandis que le char va emplir
D'un lourd grondement les vantaux,
Le mauve édifice de cire,
Dressé jusqu'aux cieux, suit le flot ;

Badins les nuages se guettent ;
On pense aux propos de l'ancien :
Posez le lilas dans l'assiette,
Et là il s'égouttera bien.

1927

Boris Pasternak, « Le lilas », in *Ma sœur, la vie.*

30 juin

30 juin 1908

Minet chéri

Vous voilà enfin au bord de la mer, vous respirez un air pur loin des autos menaçantes et loin de la poussière.

Je vous envie. Ce que j'aime surtout, c'est d'assister au coucher de soleil, à son lever, au retrait de la mer, à son retour. Tout cela me ravit, mais j'aime à en jouir seule, ou avec un autre moi qui comprendrait tout ce que je ne dis pas.
Ici, il fait très chaud ; il tonne au loin.
[…]

Ta mère

Sido, *Lettres à Colette*.

ÉTÉ

Et si c'était le privilège des belles saisons que de nous donner cette irrépressible envie d'être envahi par la justesse et la délicatesse des propos de nos auteurs, ainsi ces vers ?

Être dans la nature ainsi qu'un arbre humain,
Étendre ses désirs comme un profond feuillage,
Et sentir, par la nuit paisible et par l'orage,
La sève universelle affluer dans ses mains.

Vivre, avoir les rayons du soleil sur la face,
Boire le sel ardent des embruns et des pleurs,
Et goûter chaudement la joie et la douleur
Qui font une buée humaine dans l'espace.

Sentir, dans son cœur vif, l'air, le feu et le sang
Tourbillonner ainsi que le vent sur la terre ;
– S'élever au réel et pencher au mystère,
Être le jour qui monte et l'ombre qui descend.
[…]

Anna de Noailles, « La vie profonde »,
in *Le Cœur innombrable.*

JUILLET

1er juillet

Il était une feuille avec ses lignes
Lignes de vie
Lignes de chance
Lignes de cœur
Il était une branche au bout de la feuille
Ligne fourchue signe de vie
Signe de chance
Signe de cœur.
Il était un arbre au bout de la branche
Un arbre digne de vie
Digne de chance
Digne de cœur
Cœur gravé, percé, transpercé,
Un arbre que nul jamais ne vit.
Il était des racines au bout de l'arbre
Racines vignes de vie
Vignes de chance
Vignes de cœur
Au bout des racines il était la terre
La terre tout court
La terre toute ronde
La terre toute seule au travers du ciel
La terre

Robert Desnos, « Il était une feuille », in *Fortunes.*

2 juillet

La nature a ses temps de solennité, pour lesquels elle convoque des musiciens de différentes régions du globe. On voit accourir de savants artistes avec des sonates merveilleuses, de vagabonds troubadours qui ne savent chanter que des ballades à refrain, des pèlerins qui répètent mille fois les couplets de leurs longs cantiques. Le loriot siffle, l'hirondelle gazouille, le ramier gémit : le premier, perché sur la plus haute branche d'un ormeau, défie notre merle, qui ne le cède en rien à cet étranger ; la seconde, sous un toit hospitalier, fait entendre son ramage confus ainsi qu'au temps d'Évandre ; le troisième, caché dans les feuillages d'un chêne, prolonge ses roucoulements, semblables aux sons onduleux d'un cor dans les bois ; enfin le rouge-gorge répète sa petite chanson sur la porte de la grange où il a placé son gros nid de mousse. Mais le rossignol dédaigne de perdre sa voix au milieu de cette symphonie : il attend l'heure du recueillement et du repos, et se charge de cette partie de la fête qui doit se célébrer dans les ombres.

François-René de Chateaubriand,
Génie du christianisme, in *Œuvres complètes.*

3 juillet

Un instant plus tard, Alice avait traversé le verre et avait sauté légèrement dans la pièce du Miroir. Avant de faire quoi que ce fût d'autre, elle regarda s'il y avait du feu dans la cheminée, et elle fut ravie de voir qu'il y avait un vrai feu qui flambait aussi fort que celui qu'elle avait derrière elle. « De sorte que j'aurai aussi chaud ici que dans notre salon, pensa Alice ; plus chaud même, parce qu'il n'y aura personne ici pour me gronder si je m'approche du feu. Oh ! comme ce sera drôle lorsque mes parents me verront à travers le Miroir et qu'ils ne pourront pas m'attraper ! »

Lewis Carroll, *De l'autre côté du miroir.*

4 juillet

Londres, vendredi ap[rès]midi.

Reviens, reviens, cher ami, seul ami, reviens. Je te jure que je serai bon. Si j'étais maussade avec toi, c'est une plaisanterie où je me suis entêté, je m'en repens plus qu'on ne peut dire. Reviens, ce sera vite oublié. Quel malheur que tu aies cru à cette plaisanterie. Voilà deux jours que je ne cesse de pleurer. Reviens. Sois courageux, cher ami. Rien n'est perdu. Tu n'as qu'à refaire le voyage. Nous revivrons ici bien courageusement, patiemment. Ah ! Je t'en supplie. C'est ton bien, d'ailleurs. Reviens, tu trouveras toutes tes affaires. J'espère que tu sais bien à présent qu'il n'y avait rien de vrai dans notre discussion, l'affreux moment ! Mais toi, quand je te faisais signe de quitter le bateau, pourquoi ne venais-tu pas ? Nous avons vécu deux ans ensemble pour arriver à cette heure-là ! Que vas-tu faire ? Si tu ne veux pas revenir ici, veux-tu que j'aille te trouver là où tu es ?
Oui c'est moi qui ai eu tort.
Oh tu ne m'oubliera[s] pas, dis ?
Non tu ne peux pas m'oublier. Moi je t'ai toujours là.
Dis, répond[s] à ton ami, est-ce que nous ne devons plus vivre ensemble [?] Sois courageux. Réponds-moi vite. Je ne puis rester ici plus longtemps. N'écoute que ton bon cœur.
Vite, dis si je dois te rejoindre.
À toi toute la vie.

Rimbaud, *Lettre à Paul Verlaine*, 4 juillet 1873.

5 juillet

Une branche fleurie dit à sa voisine : « C'est une journée ennuyeuse et creuse. » Et l'autre branche de répondre : « Elle est vraiment creuse et ennuyeuse. »
À cet instant, un moineau se pose sur l'une des branches, suivi d'un autre moineau qui se posa juste à côté.
L'un des moineaux pépia : « Ma compagne m'a quitté. »
L'autre moineau lui cria : « Ma compagne est partie également, et elle ne reviendra pas. Et qu'est-ce que cela peut bien me faire ? »
Les deux moineaux commencèrent à jacasser et à se chamailler, et bientôt ils se mirent à se battre et à propager dans les airs leurs bruits stridents.
Tout d'un coup, deux autres moineaux, glissant du ciel, se posèrent tranquillement à côté des deux agités. Le calme et la paix s'installèrent.
Puis tous les quatre s'envolèrent deux à deux.
La première branche dit à sa voisine : « C'était un puissant zigzag sonore. » Et l'autre branche de répliquer : « Appelle-le comme tu veux, à présent c'est à la fois paisible et spacieux. Et si l'air d'en haut fait la paix, il me semble que ceux qui vivent dans l'air d'en bas pourraient le faire aussi. Ne veux-tu pas te balancer légèrement dans le vent et te rapprocher de moi ? »
Et la première branche de dire : « Oh, peut-être, pour l'amour de la paix, avant que le printemps ne s'achève. »
Et elle se balança en s'aidant du vent puissant pour embrasser sa branche voisine.

Khalil Gibran, « Les Grenades », in *Œuvres complètes*.

6 juillet

Quand même tu aurais à vivre trois mille ans, et trois fois dix mille ans, dis-toi bien que l'on ne peut jamais perdre une autre existence que celle qu'on vit ici-bas, et qu'on ne peut pas davantage en vivre une autre que celle qu'on perd. À cet égard, la plus longue vie en est tout à fait au même point que la plus courte. Pour tout le monde, le présent, le moment actuel est égal, bien que le passé qu'on laisse en arrière puisse être très inégal. Ainsi, ce qu'on perd n'est évidemment qu'un instant imperceptible. On ne peut perdre d'aucune façon ni le passé ni l'avenir ; car une chose que nous ne possédons pas, comment pourrait-on nous la ravir ? Voici donc deux considérations qu'il ne faut jamais perdre de vue : la première, que tout en ce monde roule éternellement dans le même cercle, et qu'il n'y a pas la moindre différence à voir toujours des choses pareilles, ou cent ans de suite, ou deux cents ans, et même pendant la durée infinie ; la seconde, que celui qui a le plus vécu et celui qui aura dû mourir le plus prématurément font exactement la même perte ; car ce n'est jamais que du présent qu'on peut être dépouillé, puisqu'il n'y a que le présent seul qu'on possède, et qu'on ne peut pas perdre ce qu'on n'a point.

Marc Aurèle, *Pensées*.

7 juillet

La mer immobile et transparente semblait assister, recueillie, au baptême de sa nacelle, roulant à peine, avec un tout petit bruit de râteau grattant le galet, des vaguelettes hautes comme le doigt. Et les grandes mouettes blanches aux ailes déployées passaient en décrivant des courbes dans le ciel bleu, s'éloignaient, revenaient d'un vol arrondi au-dessus de la foule agenouillée, comme pour voir ce qu'on faisait là.

Guy de Maupassant, *Une vie.*

8 juillet

Le crabe s'installa sous un rocher pour attraper un poisson qui s'y glisserait. Le vent destructeur s'abattit sur ce rocher qui, s'écroulant, écrasa le crabe.

Léonard de Vinci, « Le crabe et le poisson », in *Carnets*.

9 juillet

Un jet d'eau, parmi les tulipes,
Tremble comme un arbuste frais ;
Un derviche fume sa pipe
Près d'un mur jaune et d'un cyprès.

Sous un dôme d'un blanc de camphre
Une dame, que fond l'été,
Avec un éventail de chanvre
Rafraîchit son sein exalté.

Dans une douce frénésie,
Une adolescente, en turban ;
Sur une tour rose d'Asie
Jette du blé vert à des paons.

Le monde est une vasque tiède,
Bain de lait, bain de volupté !
Le poids brûlant du lilas cède
Aux caresses du vent d'été.

Sur l'indigo des nuits persanes
Le croissant de lune apparaît.
L'air a des parfums de tisanes
Et des empressements secrets.

Un homme accorde une guitare
Près du jet d'eau bas, argentin,
Tandis qu'une femme prépare
Un lit charmant dans un jardin…

Anna de Noailles, « Paysage persan »,
in *Les Éblouissements.*

10 juillet

Les facultés de l'esprit qu'on définit par le terme *analytiques* sont en elles-mêmes fort peu susceptibles d'analyse. Nous ne les apprécions que par leurs résultats. Ce que nous en savons, entre autres choses, c'est qu'elles sont pour celui qui les possède à un degré extraordinaire une source de jouissance des plus vives. De même que l'homme fort se réjouit dans son aptitude physique, se complaît dans les exercices qui provoquent les muscles à l'action, de même l'analyste prend sa gloire dans cette activité spirituelle dont la fonction est de débrouiller. Il tire du plaisir même des plus triviales occasions qui mettent ses talents en jeu, il raffole des énigmes, des rébus, des hiéroglyphes ; il déploie dans chacune des solutions une puissance, une perspicacité qui, dans l'opinion vulgaire, prend un caractère surnaturel. Les résultats, habilement déduits par l'âme même et l'essence de sa méthode, ont réellement tout l'air d'une intuition.

Edgar Poe, « Double assassinat dans la rue Morgue »,
in *Histoires extraordinaires et Poèmes*.

11 juillet

J'ai plus de souvenirs que si j'avais mille ans.
Un gros meuble à tiroirs encombré de bilans,
De vers, de billets doux, de procès, de romances,
Avec de lourds cheveux roulés dans des quittances,
Cache moins de secrets que mon triste cerveau.
C'est une pyramide, un immense caveau,
Qui contient plus de morts que la fosse commune.
– Je suis un cimetière abhorré de la lune,
Où comme des remords se traînent de longs vers
Qui s'acharnent toujours sur mes morts les plus chers.
Je suis un vieux boudoir plein de roses fanées,
Où gît tout un fouillis de modes surannées,
Où les pastels plaintifs et les pâles Boucher,
Seuls, respirent l'odeur d'un flacon débouché.

Rien n'égale en longueur les boiteuses journées,
Quand sous les lourds flocons des neigeuses années
L'ennui, fruit de la morne incuriosité,
Prend les proportions de l'immortalité.
– Désormais tu n'es plus, ô matière vivante!
Qu'un granit entouré d'une vague épouvante,
Assoupi dans le fond d'un Saharah brumeux;
Un vieux sphinx ignoré du monde insoucieux,
Oublié sur la carte, et dont l'humeur farouche
Ne chante qu'aux rayons du soleil qui se couche.

Charles Baudelaire, « J'ai plus de souvenirs
que si j'avais mille ans », in *Les Fleurs du mal.*

12 juillet

HÉPHAÏSTOS : Que faut-il que je fasse, Zeus ? Me voici, conformément à tes ordres, avec ma hache la plus tranchante, capable même, s'il le faut, de couper de part en part une pierre d'un seul coup.

ZEUS : C'est bon, Héphaïstos. Eh bien ouvre-moi la tête en deux, en la frappant.

HÉPHAÏSTOS : Veux-tu mettre ma raison à l'épreuve ? Allons, commande-moi autre chose : ce que tu veux vraiment me faire exécuter.

ZEUS : Mais cela même : ouvre-moi le crâne. Si tu désobéis, tu sais ce qu'il en coûte de subir les effets de ma colère. Mais il faut taper de tout ton cœur, sans hésiter : car je meurs de souffrances qui me mettent le cerveau à l'envers.

HÉPHAÏSTOS : Prends garde, Zeus, que nous ne fassions un malheur ! Car ma hache est tranchante.

ZEUS : Frappe seulement, Héphaïstos. Hardi ! Je sais, moi, ce qu'il me faut.

HÉPHAÏSTOS : C'est malgré moi, mais enfin je vais frapper : car que faire, quand tu commandes ?

(Il fend le crâne de Zeus d'un coup de hache : Athéna en sort, tout armée.)

Oh ! qu'est-ce que c'est ? une jeune fille armée ! C'est un grand mal, Zeus, que tu avais dans la tête ! Voilà pourquoi tu étais d'humeur irascible : tu portais sous les méninges cette belle vierge vivante, tout armée par-dessus le marché ! C'est donc un camp et non une tête que tu avais, sans qu'on s'en aperçût !

Lucien de Samosate, « Naissance d'Athéna »,
in *Dialogues des dieux.*

13 juillet

Ce qui est beau, ce qui élève,
Ce n'est pas la célébrité.
Il ne faut pas ouvrir d'archives
Ou trembler sur de vieux papiers.

Créer veut le don de soi-même,
Non le tapage ou le renom.
Honte à qui n'est rien par lui-même
D'être connu comme le dicton.

Vis donc sans usurper de place
Mais de manière à, pour finir,
Attirer l'amour de l'espace,
Entendre appeler l'avenir.

Et s'il faut te plonger dans l'oubli
Pour y dissimuler ta route
Comme un site dans les replis
Du brouillard quand on n'y voit goutte.

D'autres, selon ta trace fraîche
Suivront ta route, pas à pas.
Mais entre victoire et défaite,
Le départ ne t'appartient pas.

Et tu dois garder ton visage,
Ne pas t'en écarter d'un brin,
Être vivant, pas davantage,
Vivant, c'est tout, jusqu'à la fin.

Été 1856.

Boris Pasternak, « L'éclaircie », in *Ma sœur, la vie.*

14 juillet

C'est dans les mots que nous pensons. Nous n'avons conscience de nos pensées déterminées et réelles que lorsque nous leur donnons la forme objective, que nous les différencions de notre intériorité et par suite nous les marquons d'une forme externe, mais d'une forme qui contient aussi le caractère de l'activité interne la plus haute. C'est le son articulé, le mot, qui seul nous offre une existence où l'externe et l'interne sont si intimement unis. Par conséquent, vouloir penser sans les mots, c'est une tentative insensée. Et il est également absurde de considérer comme un désavantage et comme un défaut de la pensée cette nécessité qui lie celle-ci au mot. On croit ordinairement, il est vrai, que ce qu'il y a de plus haut, c'est l'ineffable. Mais c'est là une opinion superficielle et sans fondement ; car, en réalité, l'ineffable, c'est la pensée obscure, la pensée à l'état de fermentation, et qui ne devient claire que lorsqu'elle trouve le mot. Ainsi le mot donne à la pensée son existence la plus haute et la plus vraie.

Hegel, *Phénoménologie de l'esprit.*

15 juillet

15 juillet 1944,
camp de Flöha,

Mon amour,
Notre souffrance serait intolérable si nous ne pouvions la considérer comme une maladie passagère et sentimentale. Nos retrouvailles embelliront notre vie pour au moins trente ans. De mon côté, je prends une bonne gorgée de jeunesse, je reviendrai rempli d'amour et de forces ! Pendant le travail un anniversaire, mon anniversaire fut l'occasion d'une longue pensée pour toi. Cette lettre parviendra-t-elle à temps pour ton anniversaire ? J'aurais voulu t'offrir 100 000 cigarettes blondes, douze robes des grands couturiers, l'appartement de la rue de Seine, une automobile, la petite maison de la forêt de Compiègne, celle de Belle-Isle et un petit bouquet à quatre sous. En mon absence, achète toujours les fleurs, je te les rembourserai. Le reste, je te le promets plus tard…

Robert

Robert Desnos, *Lettre à Youki.*

16 juillet

Mes yeux les choses belles désirant,
De même que mon âme son salut,
N'ont pas d'autre pouvoir,
Pour s'élever au ciel, que de les contempler.
Des plus hautes étoiles
Descend une splendeur
Qui le désir attire ;
Ici nous l'appelons l'amour.
Rien d'autre n'a le noble cœur
Qui l'énamoure, et l'arde, et le conseille,
Qu'un visage où les yeux soient à leur apparence.

Michel-Ange, « Madrigal », in *Poésies*.

17 juillet

La vie de l'homme n'est qu'un songe, on l'a dit souvent, et ce sentiment m'accompagne aussi sans cesse. Quand je considère les étroites limites dans lesquelles les facultés actives et la pénétration de l'homme sont renfermées ; quand je vois que l'objet de tous nos efforts est de pourvoir à des besoins qui n'ont eux-mêmes d'autre but que de prolonger notre misérable existence, et qu'ensuite toute notre tranquillité, sur certains points de nos recherches, n'est qu'une résignation rêveuse, que l'on goûte à peindre de figures bigarrées et de brillantes perspectives les murs entre lesquels on se trouve prisonnier : tout cela, Wilhelm, me réduit au silence.

Goethe, *Les Souffrances du jeune Werther.*

18 juillet

Si vous daignez excuser la folie d'un cœur jeune, et d'une imagination toute vierge, je vous avouerai que vous avez été pour moi l'objet des plus doux rêves.

Honoré de Balzac, *Lettre à Mme Hanska* (extrait), 1832.

19 juillet

Acte de désistement de Rimbaud

Je soussigné Arthur Rimbaud, 19 ans, homme de lettres, demeurant ordinairement à Charleville (Ardennes-France), déclare, pour rendre hommage à la vérité, que le jeudi 10 courant vers 2 heures, au moment où M. Paul Verlaine, dans la chambre de sa mère, a tiré sur moi un coup de revolver qui m'a blessé légèrement au poignet gauche, M. Verlaine était dans un tel état d'ivresse qu'il n'avait point conscience de son action.
Que je suis intimement persuadé qu'en achetant cette arme, M. Verlaine n'avait aucune intention hostile contre moi, et qu'il n'avait point de préméditation criminelle dans l'acte de fermer la porte à clef sur nous.
Que la cause de l'ivresse de M. Verlaine tenait simplement à ses contrariétés avec Mme Verlaine, sa femme.
Je déclare en outre lui offrir volontiers et consentir à ma renonciation pure et simple à toute action criminelle, correctionnelle et civile, et me désiste dès aujourd'hui des bénéfices de toute poursuite qui serait ou pourrait être intentée par le ministère public contre M. Verlaine pour le fait dont il s'agit.

A. Rimbaud
Samedi 19 juillet 1873.

Arthur Rimbaud, *Je ne suis pas venu ici pour être heureux. Correspondance.*

20 juillet

Le soleil, plus bas, semblait saigner, et une large traînée lumineuse, une route éblouissante courait sur l'eau depuis la limite de l'Océan jusqu'au sillage de la barque.
Les derniers souffles du vent tombèrent ; toute ride s'aplanit ; et la voile immobile était rouge. Une accalmie illimitée semblait engourdir l'espace, faire le silence autour de cette rencontre d'éléments ; tandis que, cambrant sous le ciel son ventre luisant et liquide, la mer, fiancée monstrueuse, attendait l'amant de feu qui descendait vers elle. Il précipitait sa chute, empourpré comme par le désir de leur embrassement. Il la joignit ; et, peu à peu, elle le dévora.

Guy de Maupassant, *Une vie.*

21 juillet

J'ai gardé jusqu'à la fin de la nuit l'espoir d'une nouveauté de lumière ; maintenant je n'y vois pas encore, mais j'espère ; je sais de quel côté l'aube poindra.
Certes, tout un peuple s'apprête ; du haut de la tour j'entends une rumeur dans les rues. Le jour naîtra ! Le peuple en fête déjà marche au-devant du soleil.
— Que dis-tu de la nuit ? Que dis-tu de la nuit, sentinelle ?
— Je vois une génération qui monte, et je vois une génération qui descend. Je vois une énorme génération qui monte, qui monte tout armée, tout armée de joie vers la vie.

André Gide, *Les Nourritures terrestres.*

22 juillet

Il y a des dieux, des génies, des démons masculins, féminins ou sans sexe. Certains sont bienfaisants, d'autres sont portés à nuire. Il en est qui ont le pouvoir de créer autour de nous des conditions heureuses, de nous maintenir en bonne santé, de faire prospérer nos affaires, etc. Il y en a qui peuvent grandement nous aider et, aussi, grandement nous nuire si nous ne gagnons pas leur amitié ; mais les Tibétains sont plutôt enclins à douter de la bienveillance spontanée de ces personnages. Alors pour profiter des biens qu'il est en leur pouvoir de nous procurer il faut les forcer, les contraindre à employer leur pouvoir en notre faveur. Contraindre le dieu ou le démon est un acte de magie. C'est se mesurer à lui, essayer d'en faire son serviteur. Cela ne ressemble pas à la prière, cela n'a rien de religieux.

Au lieu de contraindre l'on peut, aussi, user de procédés aimables, par exemple, plaire au dieu ou au démon en lui donnant des choses qui lui sont agréables, ou en lui procurant du plaisir d'une manière ou d'une autre.

Quand je dis démon ne vous imaginez pas des êtres pareils à ceux que les gens de nos pays croient exister en enfer. Point du tout. Le démon est un individu qui a des tendances à être méchant mais il peut avoir des moments de bonne humeur pendant lesquels il ne cherche pas à faire de mal.

Et puis, il ne restera pas éternellement un démon. Il mourra comme nous tous nous mourrons après une vie plus ou moins longue. Et, après être mort, il renaîtra, comme nous tous nous renaîtrons, pour recommencer une autre vie – c'est ce que croient les Tibétains. Alors si le démon ne s'est pas trop laissé aller à sa tendance au mal, il pourra renaître dans un milieu où il ne sera plus un démon, il pourra devenir un homme ou un autre individu.

Alexandra David-Néel, *Voyages et Aventures de l'esprit.*

23 juillet

Regarde cette rose éblouissante et belle,
Que le zéphyr, charmé de sa fraîcheur nouvelle,
Caresse avec amour.
Pour plaire, pour aimer, elle est épanouie ;
Ah ! je voudrais changer mon destin pour sa vie
Et sa beauté d'un jour.

Quoi ! tu veux la cueillir pour former ma parure !
Non laisse-la briller sous son dais de verdure,
Tes soins sont superflus ;
Tu ne me verras plus, aux fêtes bocagères,
Mêler mes pas joyeux aux danses des bergères ;
Tu ne m'y verras plus.

Mais toi, pare ton front. Nommant sa bien-aimée,
Bientôt l'heureux amant dont ton âme est charmée,
Viendra pour te chercher.
Tous deux vous marcherez dans une pure ivresse ;
Moi, je n'ai point ces traits qui donnent la tendresse,
Et je veux me cacher.

Je l'ignorai longtemps ce mystère pénible ;
Sans y songer jamais, mon cœur était paisible ;
Mais un jour je l'appris.
J'entendis mon arrêt de celui que j'adore :
L'heure, ses traits, sa voix, hélas ! tout est encore
Présent à mes esprits.

« Oui, dit-il, la beauté seule obtient mon hommage. »
Je l'écoutais ; soudain un funeste présage
M'annonça les douleurs.
Je courus vers le fleuve, inquiète et tremblante ;
J'y contemplai longtemps mon image flottante,
Et je versai des pleurs.

Depuis ce jour fatal je ne sais plus sourire ;
D'un mal mystérieux, d'un funeste délire
Mon cœur est consumé.
Je sais trop qu'il n'est pas de fin à ma souffrance ;
De lui plaire jamais je n'ai plus l'espérance
Et je l'ai tant aimé !

Adieu ! j'entends au loin les doux bruits de la fête ;
Vole, vole à ces jeux que le plaisir t'apprête :
Bientôt tu l'y verras.
Ah ! s'il te demandait ta compagne fidèle,
Tu lui dirais… mais, non, non, je ne suis pas belle,
Il n'y songera pas.

Lucie Pigache, « Je ne suis pas belle » in *Poésies*.

24 juillet

L'apparence de beauté qui règne dans ces mondes du rêve que tout homme sait créer en artiste consommé est la condition même de toute espèce d'art plastique, et aussi, nous le verrons, de la poésie, pour une large part. Nous y jouissons de visions directement contemplées et comprises ; toutes les formes nous parlent, rien n'y est indifférent ou inutile. Malgré la vivacité extrême de cette réalité rêvée, nous avons pourtant le sentiment confus qu'elle n'est qu'apparence ; telle est du moins mon expérience, et c'est une expérience courante, même normale, je pourrais le confirmer grâce à maint témoignage et aux déclarations des poètes. Tout homme à tournure d'esprit philosophique a même le pressentiment que sous cette réalité dans laquelle nous vivons et nous existons il s'en trouve une autre cachée, toute différente ; notre réalité elle-même est apparence. C'est dans ce don d'apercevoir parfois les hommes et les choses comme de simples fantômes ou des rêves que Schopenhauer reconnaît la marque de l'aptitude philosophique.

Friedrich Nietzsche, *La Naissance de la tragédie.*

25 juillet

Le temps n'avance pas, il est tout arrêté,
C'est nous qui passons en lui ;
Le temps est rarement un caravansérail,
Où nous sommes les pèlerins.

Gottfried Keller, « Le temps n'avance pas » (extrait),
in *Anthologie de la poésie allemande.*

26 juillet

Il y avait déjà bien des années que, de Combray, tout ce qui n'était pas le théâtre et le drame de mon coucher n'existait plus pour moi, quand un jour d'hiver, comme je rentrais à la maison, ma mère, voyant que j'avais froid, me proposa de me faire prendre, contre mon habitude, un peu de thé. Je refusai d'abord et, je ne sais pourquoi, me ravisai. Elle envoya chercher un de ces gâteaux courts et dodus appelés Petites Madeleines qui semblent avoir été moulés dans la valve rainurée d'une coquille de Saint-Jacques. Et bientôt, machinalement, accablé par la morne journée et la perspective d'un triste lendemain, je portai à mes lèvres une cuillerée du thé où j'avais laissé s'amollir un morceau de madeleine. Mais à l'instant même où la gorgée mêlée des miettes du gâteau toucha mon palais, je tressaillis, attentif à ce qui se passait d'extraordinaire en moi. Un plaisir délicieux m'avait envahi, isolé, sans la notion de sa cause. Il m'avait aussitôt rendu les vicissitudes de la vie indifférentes, ses désastres inoffensifs, sa brièveté illusoire, de la même façon qu'opère l'amour, en me remplissant d'une essence précieuse : ou plutôt cette essence n'était pas en moi, elle était moi. J'avais cessé de me sentir médiocre, contingent, mortel. D'où avait pu me venir cette puissante joie ? Je sentais qu'elle était liée au goût du thé et du gâteau, mais qu'elle le dépassait infiniment, ne devait pas être de même nature. D'où venait-elle ? Que signifiait-elle ? Où l'appréhender ? […] Et tout d'un coup le souvenir m'est apparu. Ce goût, c'était celui du petit morceau de madeleine que le dimanche matin à

Combray (parce que ce jour-là je ne sortais pas avant l'heure de la messe), quand j'allais lui dire bonjour dans sa chambre, ma tante Léonie m'offrait après l'avoir trempé dans son infusion de thé ou de tilleul.

Marcel Proust, *Du côté de chez Swann.*

27 juillet

Mon cher frère,

Merci de ta bonne lettre et du billet de 50 fr. qu'elle contenait. Puisque cela va bien, ce qui est le principal, pourquoi insisterais-je sur des choses de moindre importance, ma foi, avant qu'il y ait chance de causer affaires à tête plus reposée, il y a probablement loin.

Les autres peintres, quoi qu'ils en pensent, instinctivement se tiennent à distance des discussions sur le commerce actuel.

Eh bien vraiment, nous ne pouvons faire parler que nos tableaux. Mais pourtant mon cher frère, il y a ceci que toujours je t'ai dit et je le redis encore une fois avec toute la gravité que puissent donner les efforts de pensée assidûment fixée pour chercher à faire aussi bien qu'on peut – je te le redis encore que je considérerai toujours que tu es autre chose qu'un simple marchand de Corot, que par mon intermédiaire tu as ta part à la production même de certaines toiles, qui même dans la débâcle gardent leur calme.

Car là nous en sommes et c'est là tout ou au moins le principal que je puisse avoir à te dire dans un moment de crise relative. Dans un moment où les choses sont fort tendues entre marchands de tableaux d'artistes morts et d'artistes vivants.

Eh bien, mon travail à moi, j'y risque ma vie et ma raison y a fondré à moitié – bon – mais tu n'es pas dans les marchands d'hommes pour autant que je sache, et tu peux prendre parti, je le trouve, agissant réellement avec humanité, mais que veux-tu ?

«Dernière lettre de van Gogh à son frère» (27 juillet 1890),
in Vincent van Gogh, *Lettres à son frère Théo*.

28 juillet

Aaron : De grâce, soyez amis, et liguez-vous au lieu de vous quereller. C'est l'adresse et la ruse qui doivent vous mener à vos fins, réfléchissez-y vous bien, ce que vous ne pouvez pas faire comme vous le voulez, vous devez forcément l'accomplir comme vous le pouvez.

William Shakespeare, *Titus Andronicus*, acte II, scène II.

29 juillet

Parfois un enfant trouve une petite graine,
Et tout d'abord, charmé de ses vives couleurs,
Pour la planter il prend un pot de porcelaine
Orné de dragons bleus et de bizarres fleurs.

Il s'en va. La racine en couleuvres s'allonge,
Sort de terre, fleurit et devient arbrisseau ;
Chaque jour, plus avant, son pied chevelu plonge,
Tant qu'il fasse éclater le ventre du vaisseau.

L'enfant revient ; surpris, il voit la plante grasse
Sur les débris du pot brandir ses verts poignards ;
Il la veut arracher, mais la tige est tenace ;
Il s'obstine, et ses doigts s'ensanglantent aux dards.

Ainsi germa l'amour dans mon âme surprise ;
Je croyais ne semer qu'une fleur de printemps :
C'est un grand aloès dont la racine brise
Le pot de porcelaine aux dessins éclatants.

Théophile Gautier, « Le pot de fleurs », in *Poésies*.

30 juillet

Nuages, mes enfants, vous voulez donc partir
En voyage ? Allez donc ! Je vous dis au revoir !
Je ne peux retenir en mes liens maternels
Vos figures ivres de métamorphoses.

Vous vous ennuyez sur mes ondes,
La terre vous a attirés là-bas :
Les côtes, les falaises, et le jeu du phare !
Allez-y, mes enfants, filez à l'aventure !

Naviguez, hardis mariniers, dans les airs !
Recherchez les sommets ! reposez sur des gouffres !
Brassez des tempêtes ! fulgurez ! livrez des combats !
Portez les costumes pourpres de batailles rougeoyantes !

Bruissez dans la pluie ! Murmurez dans les sources !
Remplissez les puits ! Ruisselez dans les vagues !
Tombez à larges flots, inondez les pays –
Et puis, revenez-moi, mes enfants, revenez.

Conrad Ferdinand Meyer, « Le chant de la mer »,
in *Anthologie de la poésie allemande*.

31 juillet

Dans l'appréciation du temps écoulé, il n'y a que le premier pas qui coûte.

Marcel Proust, *Le Temps retrouvé*
in *À la recherche du temps perdu.*

Quand l'amour finit, l'habitude avait pris sa place.

Marcel Proust, *Les Plaisirs et les Jours.*

AOÛT

1er août

Toi qui me l'as appris, tu ne t'en souviens plus
De tout ce que mon cœur renfermait de tendresse,
Quand, dans nuit profonde, ô ma belle maîtresse,
Je venais en pleurant tomber dans tes bras nus !
La mémoire en est morte, un jour te l'a ravie
Et cet amour si doux, qui faisait sur la vie
Glisser dans un baiser nos deux cœurs confondus,
Toi qui me l'as appris, tu ne t'en souviens plus.

Alfred de Musset, *Lettre à George Sand*, in *Correspondance*.

2 août

Tel est le désespoir, ce mal du moi, « la Maladie mortelle ». Le désespéré est un malade à mort. Plus qu'en aucun autre mal, c'est au plus noble de l'être qu'ici le mal s'attaque ; mais l'homme n'en peut mourir. La mort n'est pas ici le terme du mal, elle est ici un terme interminable. Nous sauver de ce mal, la mort même ne le peut, car ici le mal avec sa souffrance et… la mort, c'est de ne pouvoir mourir.

Søren Kierkegaard, *Le Concept de l'angoisse*.

3 août

Je déteste mon passé et celui des autres
J'aime le rire des jeunes enfants en liberté
[...]
Il n'y a pas de progrès. Il y a des choses bonnes ou mauvaises qui se remplacent, se succèdent, se transforment.
Il n'y a rien à apprendre. Il y a des choses qu'il faut connaître pour les employer.

René Magritte, *Lettre à Joë Bousquet*, 3 août 1946.

4 août

Heureux, qui de la sagesse
Attendant tout son secours,
N'a point mis en la Richesse
L'espoir de ses derniers jours.
La mort n'a rien qui l'étonne ;
Et dès que son Dieu l'ordonne,
Son âme prenant l'essor
S'élève d'un vol rapide
Vers la demeure, où réside
Son véritable trésor.

De quelle douleur profonde
Seront un jour pénétrés
Ces insensés, qui du monde,
Seigneur, vivent enivrés ;
Quand par une fin soudaine
Détrompés d'une ombre vaine,
Qui passe, et ne revient plus,
Leurs yeux du fond de l'abîme
Près de ton trône sublime
Verront briller tes élus !

Infortunés que nous sommes,
Où s'égaraient nos esprits ?
Voilà, diront-ils, ces hommes,
Vils objets de nos mépris,
Leur sainte et pénible vie

Nous parut une folie.
Mais aujourd'hui triomphants,
Le Ciel chante leur louange,
Et Dieu lui-même les range
Au nombre de ses enfants.

Pour trouver un bien fragile
Qui nous vient d'être arraché,
Par quel chemin difficile
Hélas ! nous avons marché !
Dans une route insensée
Notre âme en vain s'est lassée,
Sans se reposer jamais,
Fermant l'œil à la lumière,
Qui nous montrait la carrière
De la bien-heureuse paix.

De nos attentats injustes
Quel fruit nous est-il resté ?
Où sont les titres augustes,
Dont notre orgueil s'est flatté ?
Sans amis, et sans défense,
Au trône de la vengeance
Appelés en jugement,
Faibles et tristes victimes
Nous y venons de nos crimes
Accompagnés seulement.

Ainsi d'une voix plaintive
Exprimera ses remords
La pénitence, tardive
Des inconsolables morts.
Ce qui faisait leurs délices,
Seigneur, fera leurs supplices.
Et par une égale loi,
Tes saints trouveront des charmes
Dans le souvenir des larmes
Qu'ils versent ici pour toi.

Jean Racine, « Sur le bonheur des justes »,
in *Cantiques spirituels*.

5 août

Oh ! quel feu court dans toutes mes veines lorsque, par hasard, mon doigt touche le sien, lorsque nos pieds se rencontrent sous la table ! Je me retire comme du feu ; mais une force secrète m'attire de nouveau : un vertige me prend, le trouble est dans mes sens. Ah ! son innocence, la pureté de son âme ne lui permettent pas de concevoir combien les plus légères familiarités me mettent à la torture ! Lorsque, en parlant, elle pose sa main sur la mienne, que, dans la conversation, elle se rapproche de moi, que son haleine peut atteindre mes lèvres, alors je crois que je vais m'anéantir, comme si j'étais frappé de la foudre.

Goethe, « Werther », in *L'Âme du monde*.

6 août

J'ai dit à mon cœur, à mon faible cœur :
N'est-ce point assez d'aimer sa maîtresse ?
Et ne vois-tu pas que changer sans cesse,
C'est perdre en désirs le temps du bonheur ?

Il m'a répondu : Ce n'est point assez,
Ce n'est point assez d'aimer sa maîtresse ;
Et ne vois-tu pas que changer sans cesse
Nous rend doux et chers les plaisirs passés ?

J'ai dit à mon cœur, à mon faible cœur :
N'est-ce point assez de tant de tristesse ?
Et ne vois-tu pas que changer sans cesse,
C'est à chaque pas trouver la douleur ?

Il m'a répondu : Ce n'est point assez,
Ce n'est point assez de tant de tristesse ;
Et ne vois-tu pas que changer sans cesse
Nous rend doux et chers les chagrins passés ?

Alfred de Musset, « J'ai dit à mon cœur »,
in *Premières poésies.*

7 août

Plus les dons naturels d'une femme seraient grands, profonds, remarquables, et plus elle pourrait absorber, dans son être le plus subtil et le plus secret, ces liens obscurs, les sentir vibrer en elle, sans qu'elle en souffre aucunement, jusqu'au moment où, comme la gouttelette lumineuse au bord de la mer, elle aurait laissé entrer en elle trop de mers pour ne pas s'y perdre, perle parmi les perles.

Lou Andreas-Salomé, *Éros*.

8 août

Tu es bien la seule femme que j'aie aimée et que j'aie eue. Jusqu'alors j'allais calmer sur d'autres les désirs donnés par d'autres. Tu m'as fait mentir à mon système, à mon cœur, à ma nature peut-être qui, incomplète d'elle-même, cherche toujours.

Gustave Flaubert, *Lettre à Louise Colet*, 8 août 1846.

9 août

FIN (*Morale*), c'est la dernière des raisons que nous avons d'agir, ou celle que nous regardons comme telle ; ainsi l'on demande à un homme, à quelle *fin* avez-vous fait cette démarche ? Quelle *fin* vous proposeriez-vous dans cette occasion ? Pressez un homme de motifs en motifs, et vous trouverez que son bonheur particulier est toujours la *fin* dernière de toutes ses actions réfléchies.

Denis Diderot, *Encyclopédie*.

10 août

Samedi – 3 heures du matin.

Je rentre. J'ai ta lettre. Cette douce lettre, je l'avais lue aujourd'hui dans tes yeux. Que tu étais belle tantôt aux Tuileries sous ce ciel de printemps, sous ces arbres verts, avec ces lilas en fleur au-dessus de ta tête. Toute cette nature semblait faire une fête autour de toi. Vois-tu, mon ange, les arbres et les fleurs te connaissent et te saluent. Tu es reine dans ce monde charmant des choses qui embaument et qui s'épanouissent comme tu es reine dans mon cœur.
Oui, j'avais lu dans tes yeux ravissants cette lettre exquise, délicate et tendre que je relis ce soir avec tant de bonheur, ce que ta plume écrit si bien, ton regard adorable le dit avec un charme qui m'enivre. Comme j'étais fier en te voyant si belle ! Comme j'étais heureux en te voyant si tendre !
Voici une fleur que j'ai cueillie pour toi. Elle t'arrivera fanée, mais parfumée encore ; doux emblème de l'amour dans la vieillesse. Garde-la ; tu me la montreras dans trente ans.
Dans trente ans tu seras belle encore, dans trente ans je serai encore amoureux. Nous nous aimerons, n'est-ce pas, mon ange, comme aujourd'hui, et nous remercierons Dieu à genoux.
Hélas ! Toute la journée de demain dimanche sans te voir ! Tu ne me seras rendue que lundi. Que vais-je faire d'ici là ? Penser à toi, t'aimer, t'envoyer mon cœur et mon âme. Oh ! de ton côté sois à moi ! à lundi ! – à toujours !

Victor Hugo, *Lettre d'amour à Léonie Briard.*

11 août

Je me suis mise à vous écrire au bout de cette petite allée sombre que vous aimez, assise sur ce siège de mousse où je vous ai vue quelquefois couchée. Mais, mon Dieu, où ne vous ai-je point vue ici ? et de quelle façon toutes ces pensées me traversent-elles le cœur ? Il n'y a point d'endroit, point de lieu, ni dans la maison, ni dans l'église, ni dans le pays, ni dans le jardin, où je ne vous aie vue. Il n'y en a point qui ne me fasse souvenir de quelque chose de quelque manière que ce soit. Et de quelque façon que ce soit aussi, cela me perce le cœur. Je vous vois ; vous m'êtes présente. Je pense et repense à tout. Ma tête et mon esprit se creusent, mais j'ai beau tourner, j'ai beau chercher, cette chère enfant que j'aime avec tant de passion est à deux cents lieues de moi ; je ne l'ai plus. Sur cela, je pleure sans pouvoir m'en empêcher ; je n'en puis plus, ma chère bonne. Voilà qui est bien faible, mais pour moi, je ne sais point être forte contre une tendresse si juste et si naturelle. Je ne sais en quelle disposition vous serez en lisant cette lettre. Le hasard peut faire qu'elle viendra mal à propos, et qu'elle ne sera peut-être pas lue de la manière qu'elle est écrite. À cela je ne sais point de remède. Elle sert toujours à me soulager présentement ; c'est tout ce que je lui demande.

Mme de Sévigné, *Lettre à Mme de Grignan*, 24 mars 1671.

12 août

L'oncle Baudu était oublié. Pépé lui-même, qui ne lâchait pas la main de sa sœur, ouvrait des yeux énormes. Une voiture les força tous trois à quitter le milieu de la place; et, machinalement, ils prirent la rue Neuve-Saint-Augustin, ils suivirent les vitrines, s'arrêtant de nouveau devant chaque étalage. D'abord, ils furent séduits par un arrangement compliqué: en haut, des parapluies, posés obliquement, semblaient mettre un toit de cabane rustique; dessous, des bas de soie, pendus à des tringles, montraient des profils arrondis de mollets, les uns semés de bouquets de roses, les autres de toutes nuances, les noirs à jour, les rouges à coins brodés, les chairs dont le grain satiné avait la douceur d'une peau de blonde; enfin, sur le drap de l'étagère, des gants étaient jetés symétriquement, avec leurs doigts allongés, leur paume étroite de vierge byzantine, cette grâce raidie et comme adolescente des chiffons de femme qui n'ont pas été portés. Mais la dernière vitrine surtout les retint. Une exposition de soies, de satins et de velours, y épanouissait, dans une gamme souple et vibrante, les tons les plus délicats des fleurs: au sommet, les velours, d'un noir profond, d'un blanc de lait caillé; plus bas, les satins, les roses, les bleus, aux cassures vives, se décolorant en pâleurs d'une tendresse infinie; plus bas encore, les soies, toute l'écharpe de l'arc-en-ciel, des pièces retroussées en coques, plissées comme autour d'une taille qui se cambre, devenues vivantes sous les doigts savants des commis; et, entre chaque motif, entre chaque phrase colorée de l'étalage, courait un accompagnement discret, un léger cordon bouillonné de foulard crème. C'était là, aux deux bouts, que se trouvaient, en piles colossales, les deux soies dont la maison avait la propriété exclusive, le Paris-Bonheur et le Cuir-d'or, des articles exceptionnels, qui allaient révolutionner le commerce des nouveautés.

Émile Zola, *Au bonheur des dames.*

13 août

L'imbécile et le sage ne voient pas le même arbre.
Visage sans lumière ne deviendra jamais étoile.
L'éternité est amoureuse des productions du temps.
L'abeille butinante n'a pas le temps d'être chagrine.
L'horloge mesure les heures de folie mais pour la sagesse, point d'horloge.

William Blake, *Le Mariage du Ciel et de l'Enfer*.

14 août

Sais-tu que tu as des enlacements de sirène à prendre les plus durs ? Oui, ma belle, tu m'as enveloppé de ton charme, tu m'as pénétré de ta substance. Oh ! si j'ai pu te paraître froid, si mes satires sont rudes et te blessent, je veux, quand je te reverrai, te couvrir d'amour, de voluptés, d'ivresse : je veux te gorger de toutes les félicités de la chair, t'en rendre lasse, t'en faire mourir. Je veux que tu sois étonnée de moi et que tu t'avoues dans l'âme que tu n'avais même pas rêvé de transports pareils. C'est moi qui ai été heureux, je veux que tu le sois à ton tour. Je veux que dans ta vieillesse tu te rappelles ces quelques heures-là et que tes os desséchés en frémissent de joie en y repensant.

Gustave Flaubert, *Lettre à Louise Colet*,
nuit du 14 au 15 août 1846.

15 août

Dès que nous fûmes seuls, la bohémienne tira de son coffre des cartes qui paraissaient avoir beaucoup servi, un aimant, un caméléon desséché, et quelques autres objets nécessaires à son art. Puis elle me dit de faire la croix dans ma main gauche avec une pièce de monnaie, et les cérémonies magiques commencèrent. Il est inutile de vous rapporter ses prédictions, et, quant à sa manière d'opérer, il était évident qu'elle n'était pas sorcière à demi.

Prosper Mérimée, *Carmen.*

16 août

AMANT, AMOUREUX, adj. (*Grammaire*) Il suffit d'aimer pour être *amoureux* ; il faut témoigner qu'on aime pour être *amant*. On est *amoureux* de celle dont la beauté touche le cœur ; on est *amant* de celle dont on attend du retour. On est souvent *amoureux* pour paraître *amant* ; et quelquefois on se déclare *amant* sans être *amoureux*. *Amoureux* désigne encore une qualité relative au tempérament, un penchant dont le terme *amant* ne réveille point l'idée. [...]

Diderot, *Encyclopédie*.

17 août

Une louve je vis sous l'antre d'un rocher
Allaitant deux bessons : je vis à sa mamelle
Mignardement jouer cette couple jumelle,
Et d'un col allongé la louve les lécher.
Je la vis hors de là sa pâture chercher,
Et courant par les champs, d'une fureur nouvelle
Ensanglanter la dent et la patte cruelle
Sur les menus troupeaux pour sa soif étancher.
Je vis mille veneurs descendre des montagnes
Qui bornent d'un côté les lombardes campagnes,
Et vis de cent épieux lui donner dans le flanc.
Je la vis de son long sur la plaine étendue,
Poussant mille sanglots, se vautrer en son sang,
Et dessus un vieux tronc la dépouille pendue.

Joachim Du Bellay, « Une louve je vis sous l'antre d'un rocher », in *Les Antiquités de Rome.*

18 août

Mais s'il y avait des moments où je me réjouissais à l'idée que mes souffrances seraient sans fin, je ne pouvais supporter qu'elles fussent sans signification. Je trouve à présent, enfoui dans ma nature, quelque chose qui me dit que rien n'est dépourvu de signification, et la souffrance moins que toute autre chose. Ce quelque chose qui est enfoui dans ma nature, comme un trésor dans un champ, c'est l'humilité.

Oscar Wilde, *De Profundis*.

19 août

Déjà la vie ardente incline vers le soir,
Respire ta jeunesse,
Le temps est court qui va de la vigne au pressoir,
De l'aube au jour qui baisse,

Garde ton âme ouverte aux parfums d'alentour,
Aux mouvements de l'onde,
Aime l'effort, l'espoir, l'orgueil, aime l'amour,
C'est la chose profonde ;

Combien s'en sont allés de tous les cœurs vivants
Au séjour solitaire
Sans avoir bu le miel ni respiré le vent
Des matins de la terre,

Combien s'en sont allés qui ce soir sont pareils
Aux racines des ronces,
Et qui n'ont pas goûté la vie où le soleil
Se déploie et s'enfonce.

Ils n'ont pas répandu les essences et l'or
Dont leurs mains étaient pleines,
Les voici maintenant dans cette ombre où l'on dort
Sans rêve et sans haleine ;

— Toi, vis, sois innombrable à force de désirs
De frissons et d'extase,
Penche sur les chemins où l'homme doit servir
Ton âme comme un vase,

Mêlé aux jeux des jours, presse contre ton sein
La vie âpre et farouche ;
Que la joie et l'amour chantent comme un essaim
D'abeilles sur ta bouche.

Et puis regarde fuir, sans regret ni tourment
Les rives infidèles,
Ayant donné ton cœur et ton consentement
À la nuit éternelle.

Anna de Noailles, « Le temps de vivre »,
in *Le Cœur innombrable.*

20 août

Que de choses j'aurais à te dire, mon bon ami, si je n'avais pas perdu la tête, mais malheureusement voilà mes anciennes folies qui me reprennent et tu n'as pas de peine à deviner pourquoi. Quel moment que celui où on revoit après des siècles un objet qu'on croyait avoir aimé et qui était presque entièrement effacé du cœur… Au milieu de tout cela je tombe de mon haut quand je songe à l'empire que j'ai eu sur moi-même hier dans cet instant délicieux et terrible qui m'a réuni pour quelques minutes à celle que j'avais eu l'indignité d'oublier. Il m'arrive souvent qu'une sensation morale, de quelque nature qu'elle soit, ne me frappe guère que par contrecoup, et lorsque livré à moi-même ou rentré dans la solitude de mon âme l'effet s'en renouvelle avec plus de force par l'éloignement de la cause. C'est alors que mon imagination travaille et que, contraire à la vue, elle agrandit les objets à mesure qu'ils s'éloignent. Je m'en veux de n'avoir pas joui avec assez de plénitude de l'instant que le hasard m'a procuré ; je bâtis des châteaux de chimères et me voilà divaguant et extravagant dans la *vaste mer de l'illusion sans bornes et sans rivages.* Me voilà donc redevenu aussi sot qu'auparavant. Dans le premier instant mon cœur battit d'une force… Ma tête se bouleversa tellement que je craignis de faire une sottise : je ne faisais pas un pas sans songer que j'étais près d'elle, que nos yeux contemplaient les mêmes objets et que nous respirions le même air : lorsque je lui eus parlé et que tu m'entraînas dans l'autre salle… je t'aurais, je crois, battu et néanmoins je n'étais pas fâché d'un autre côté de m'éloigner d'elle, mais je crois que l'enfer et les démons ne seraient pas parvenus à me faire quitter cette maison bienheureuse tant que j'y aurais su ma Julie. Et puis ces habits noirs, cette tête pâle et défaillante, ces tombeaux, ce froid vague qui me saisissait, cette mort que je voyais partout, ces charmes pleins de jeunesse et rayonnants de beauté, ce pied vif et léger qui foulait les froides reliques de mille générations et la poussière de quelques tyrans… que de sensations, que de choses… Une tête plus forte que la mienne n'y eût pas résisté, et ma foi, à quoi bon s'arracher de l'âme un sentiment qui la remplit si bien, qui cadre si bien avec mes idées?

Peu à peu mes sens se rassirent: nous parlâmes, nous fîmes quelques plaisanteries, cela me calma, mais dès que je t'eus quitté, mon esprit et mon cœur furent tout aux petits Augustins. Enfin que veux-tu, je suis le plus grand des fous; moi, je m'en moque, il faut que je la voie, il le faut, je donnerais le diable pour en venir à bout. Tu sais à peu près à quels termes j'en suis avec elle, elle m'a contemplé hier avec une certaine attention et une fréquence qui persuade à ma vanité que je ne lui suis pas indifférent, tandis que d'un autre côté je n'y vois qu'une simple curiosité. Il faut dans tout cela me donner au plus vite ton avis, il faut éclaircir tout ceci. Je t'en supplie par l'amitié que j'ai pour toi, cherche, travaille de ton côté, retourne-toi l'esprit de mille manières pour me trouver le moyen de la voir, de lui parler, de lui écrire. Voilà de belles choses, d'étranges folies. Que dirais-je dans un an, dans un mois peut-être si je voyais une misérable lettre comme celle-ci? Mais je suis jeune et… non je ne suis pas encore amoureux: mais c'est à toi à décider si je dois le devenir ou non.

Réponds-moi au plus vite, sur-le-champ, cherche, médite. Songe que je suis sur les épines, j'ai grand besoin que Cupidon

jette sur moi un regard de compassion, car je me vois bien loin de mon but.
Écris, écris, écris et surtout que je la voie. Que d'obstacles ! Que de barrières à surmonter.

Eugène Delacroix, *Lettre à Achille Piron*, 20 août 1815.

21 août

Qu'est-ce donc que la « renaissance » telle qu'elle est comprise par les bouddhistes éclairés ? Elle consiste en l'activité persistante d'une énergie qui se manifeste sous différentes formes, en vertu d'une combinaison de causes et d'effets.

Ce que je considère comme un « *moi* », comme « *mon moi* » comme une *unité*, une personne, est en réalité un agrégat instable d'éléments, un agrégat de « vies » peut-on dire, procédant de sources différentes, qui se trouvent momentanément réunies et actives.

L'activité des divers éléments entrant dans la composition de l'agrégat ne s'exerce pas toujours en coopération, ni toujours dans le même temps. Tandis que les uns paraissent être engourdis, la vitalité de certains autres se manifeste violemment, les uns tendent vers un but complètement opposé. De là résultent ces conflits mentaux, cet écartèlement de nous-mêmes, alors que nous nous sentons incités à l'action par des instincts, des désirs contradictoires.

Une attention soutenue, des investigations perspicaces nous montrent que nous ne sommes pas une unité mais une pluralité, que nous abritons temporairement des hôtes d'origines différentes, venues de toutes les directions de l'univers, en longues suites de causes et d'effets entremêlés sans qu'il nous soit possible de leur découvrir un point initial de départ.

Alexandra David-Néel, *Voyages et Aventures de l'esprit.*

22 août

22 août [1997] – il n'y a rien à faire contre l'enthousiasme. C'est la joie absolue. Elle n'a ni barrière ni mot d'ordre, elle vient de l'amour et le rend visible autour d'elle.

Julien Green, *Le Grand Large du soir, Journal 1997-1998.*

23 août

Cet été-là, il faisait si chaud qu'il fallait sortir tous les soirs, et Ginia avait l'impression de n'avoir jamais compris avant ce qu'était l'été, tant c'était agréable de sortir toutes les nuits pour se promener sous les arbres des avenues. Parfois, elle pensait que cet été ne finirait jamais, et elle se disait en même temps qu'il fallait se dépêcher d'en jouir…

Cesare Pavese, *Le Bel Été*.

24 août

La lune de ses mains distraites
A laissé choir, du haut de l'air,
Son grand éventail à paillettes
Sur le bleu tapis de la mer.
Pour le ravoir elle se penche
Et tend son beau bras argenté ;
Mais l'éventail fuit sa main blanche,
Par le flot qui passe emporté.
Au gouffre amer pour te le rendre,
Lune, j'irais bien me jeter,
Si tu voulais du ciel descendre,
Au ciel si je pouvais monter !

Théophile Gautier, « Au bord de la mer »,
in *Émaux et Camées*.

25 août

Il faut que le poète, épris d'ombre et d'azur,
Esprit doux et splendide, au rayonnement pur,
Qui marche devant tous, éclairant ceux qui doutent,
Chanteur mystérieux qu'en tressaillant écoutent
Les femmes, les songeurs, les sages, les amants,
Devienne formidable à de certains moments.
Parfois, lorsqu'on se met à rêver sur son livre,
Où tout berce, éblouit, calme, caresse, enivre,
Où l'âme à chaque pas trouve à faire son miel,
Où les coins les plus noirs ont des lueurs du ciel,
Au milieu de cette humble et haute poésie,
Dans cette paix sacrée où croît la fleur choisie,
Où l'on entend couler les sources et les pleurs,
Où les strophes, oiseaux peints de mille couleurs,
Volent chantant l'amour, l'espérance et la joie,
Il faut que par instants on frissonne, et qu'on voie
Tout à coup, sombre, grave et terrible au passant,
Un vers fauve sortir de l'ombre en rugissant !
Il faut que le poète aux semences fécondes
Soit comme ces forêts vertes, fraîches, profondes,
Pleines de chants, amour du vent et du rayon,
Charmantes, où soudain l'on rencontre un lion.

Victor Hugo, « Il faut que le poète », in *Les Contemplations*.

26 août

Il est une maxime universellement admise : « Ce que tu n'as pas, fais semblant de l'avoir » ; d'où l'on tire, pour les enfants, le vers que voici : « La plus grande sagesse est de paraître fou. » Vous en concluez déjà quel grand bien est la Folie, puisque son ombre trompeuse et sa seule imitation suffisent à mériter ces doctes éloges.

Érasme, *Éloge de la folie.*

27 août

À propos de perroquets, connaissez-vous la fable persane « le singe et le perroquet », fiction si ingénieuse à la fois et si fertile en enseignements de toutes sortes ?

Vous ne la connaissez pas, dites-vous ; je l'aurais parié.

Malheureusement, pour la bien dire, c'est la plume du vieux La Fontaine qu'il faudrait ou celle du jeune Franc-Nohain, et je n'ai à ma disposition aucun de ces deux ustensiles.

Contentons-nous donc pour cette fois d'une excellente prose à la Fléchier, si j'ose m'exprimer ainsi :

Il y avait une fois dans le même palais un singe et un perroquet. Et c'étaient, entre ces deux bêtes, d'éternelles discussions sur leurs mérites personnels.

— Moi, disait le singe, je fais des grimaces comme l'homme. Comme l'homme, je gesticule. Mes pattes de derrière sont des jambes et des pieds, celles de devant des bras terminés par des mains. D'un peu loin, on me prendrait pour un homme, un homme petit, mais un homme.

— Moi, disait le perroquet, je n'ai jamais eu la sotte prétention de me faire passer pour un homme, mais de l'homme je possède le plus bel apanage, la parole ! Je puis dire de beaux vers et chanter d'ineffables musiques.

— Je puis jouer la pantomime, ripostait le singe.

— La pantomime ? ricanait le perroquet en haussant les épaules. La pantomime, art inférieur, suprême ressource pour cabots aphones !

— Art inférieur ! s'indignait le singe. Vous n'avez donc par lu la dernière chronique de Mendès sur la pantomime ?

— Non ! répliquait le perroquet d'un ton sec.

Bref, le singe en tenait pour le Geste, le perroquet pour le Verbe.

Lequel était supérieur et plus près de l'humanité, du Geste ou du Verbe ? *That was the question.*

Un jour, la querelle prit des proportions démesurées et nos deux animaux furent bien près d'en venir aux… pattes !

Par bonheur, ce scandale fut évité grâce à un trait d'esprit de notre singe, lequel eut le dernier mot :

— Vous grimacez, moi je parle ! répétait le perroquet pour la millième fois.

— Tu parles, tu parles, s'impatienta le singe ; eh bien, et moi, qu'est-ce que je fais, espèce d'imbécile, depuis une heure que nous sommes là à discuter bêtement ?

C'est pour le coup que le perroquet eut le bec cloué.

Alphonse Allais, « Le singe et le perroquet »,
in *Pour cause de fin de bail.*

28 août

Mon père faisant ma demande en mariage.
Il a bien mis des gants noirs. Il parle de tout, écoute Marinette jouer du piano, jusqu'à ce qu'il dise : « Oui, assez. » Puis, il se lève.
— Et la demande, papa ? dis-je inquiet.
Il sourit, sans rien dire. On devine qu'il pense : « Est-ce que ce ne serait pas un peu ridicule de chercher une phrase pour la faire ? » Le fait que je suis là, depuis un quart d'heure, dans votre salon, à causer avec vous, n'est-il pas la preuve, madame, que je vous demande pour mon fils la main de votre fille ? Est-ce que ça ne suffit pas ?
Et Mme Moreau, qui s'apprêtait à faire une réponse digne, attend.
— On peut considérer, dis-je, la demande comme faite. N'est-ce pas, madame ?
— Mais oui ! Mais oui ! dit-elle troublée, et riant aussi.
Alors tout le monde rit, et on s'embrasse.

Le regard recourbé pour que le détail s'y accroche.

La prose est le langage du bonheur. Depuis que nous sommes mariés, chérie, je n'ai pas écrit un seul vers, hélas !

Jules Renard, *Journal*, 28 août 1902.

29 août

Viens-tu du ciel profond ou sors-tu de l'abîme,
Ô Beauté ? ton regard, infernal et divin,
Verse confusément le bienfait et le crime,
Et l'on peut pour cela te comparer au vin.

Tu contiens dans ton œil le couchant et l'aurore ;
Tu répands des parfums comme un soir orageux ;
Tes baisers sont un philtre et ta bouche une amphore
Qui font le héros lâche et l'enfant courageux.

Sors-tu du gouffre noir ou descends-tu des astres ?
Le destin charmé suit tes jupons comme un chien ;
Tu sèmes au hasard la joie et les désastres,
Et tu gouvernes tout et ne réponds de rien.

Tu marches sur des morts, Beauté, dont tu te moques ;
De tes bijoux l'Horreur n'est pas le moins charmant,
Et le Meurtre, parmi tes plus chères breloques,
Sur ton ventre orgueilleux danse amoureusement.

L'éphémère ébloui vole vers toi, chandelle,
Crépite, flambe et dit : bénissons ce flambeau !
L'amoureux pantelant incliné sur sa belle
A l'air d'un moribond caressant son tombeau.

Que tu viennes du ciel ou de l'enfer, qu'importe,
Ô Beauté ! monstre énorme, effrayant, ingénu !
Si ton œil, ton souris, ton pied m'ouvrent la porte
D'un infini que j'aime et n'ai jamais connu ?

De Satan ou de Dieu, qu'importe ? Ange ou Sirène,
Qu'importe, si tu rends – fée aux yeux de velours,
Rythme, parfum, lueur, ô mon unique reine ! –
L'univers moins hideux et les instants moins lourds ?

Charles Baudelaire, « Hymne à la beauté »,
in *Les Fleurs du mal.*

30 août

Seul l'amour peut muer les cœurs volages en cœurs fervents, leur ôter toute fierté, toute arrogance, toute agitation, pour y transfuser la discrétion, la délicatesse et les attentions mutuelles. L'amour qui apporte équilibre, maîtrise de soi et loyauté.

Plutarque, *Erotikos, dialogue sur l'amour*.

31 août

Oh ! Henry, ta lettre de ce matin m'a tellement remuée. Quand on me l'a donnée, je me suis sentie submergée par tous mes sentiments artificiellement refoulés. Le simple contact de ta lettre me provoquait la même émotion que lorsque tu m'avais prise tout entière dans tes bras. Tu devines alors ce que j'ai éprouvé en la lisant. Tu as trouvé tous les mots qu'il fallait pour me toucher et me conquérir et j'étais *mouillée*, et tellement impatiente que je vais *tout* faire pour gagner un jour. [...] Je t'appartiens. Nous allons vivre une semaine comme nous n'en avons jamais rêvé. « Le thermomètre va exploser. » Je veux sentir encore le martèlement violent au fond de moi, sentir le sang brûlant courir plus vite dans les veines, sentir le rythme lent, caressant, et puis soudain les coups violents, sentir l'excitation pendant les arrêts, quand j'entends des bruits de gouttes d'eau... et te sentir palpiter dans ma bouche, Henry. Oh ! Henry, je ne supporte pas de t'écrire – je te veux, comme une folle.

Anaïs Nin, *Lettre à Henry Miller*, 6 août 1932.

SEPTEMBRE

1er septembre

Il était une fois un homme qui possédait plusieurs grenadiers dans son verger. L'automne, il disposa ses grenades sur des plateaux argentés à l'extérieur de sa demeure et, sur les plateaux, il plaça des pancartes sur lesquelles lui-même avait écrit : « Prenez-en une, c'est gratuit, en signe de bienvenue. »
Mais les gens passèrent et nul n'en prit.
Après mûre réflexion, l'automne suivant, il ne mit pas ses grenades dans des plateaux argentés à l'extérieur de sa demeure, mais il écrivit en grand sur un panneau : « Ici, nous avons les meilleures grenades du pays, mais nous les vendons plus cher qu'ailleurs. »
Depuis lors, femmes et hommes du voisinage y affluèrent pour en acheter.

Khalil Gibran, « Les Grenades », in *Œuvres complètes.*

2 septembre

Élever un jeune garçon « dans du coton », comme disent les familles, n'est point prudent, si le garçon doit se lancer dans le monde et y jouer des coudes. À moins d'être une exception extrêmement rare, il lui faudra certainement subir bien des crises possibles à éviter, et chose fort probable, endurer d'atroces souffrances simplement par ignorance des proportions réelles des choses.

Laissez un petit chien manger le savon dans la salle de bains ou ronger une botte qui vient d'être cirée. Il continue à en mâcher, à en ronger jusqu'au jour où il s'aperçoit que le cirage et le savon de Windsor d'Old Brown le rendent très malade. De là il conclut que le savon et les bottes ne valent rien pour la santé. Le vieux chien de la maison lui apprendra bientôt qu'il est imprudent de mordre les oreilles des vieux chiens.

Étant jeune, il garde la mémoire de cet enseignement et, âgé de six mois, il part à travers le monde, en petite bête bien élevée, dont l'appétit est discipliné.

S'il avait été tenu à distance des bottes, du savon et des oreilles des gros chiens, puis parvenu au terme de sa croissance, avec toute sa dentition, s'il se trouvait brusquement en contact avec cette redoutable trinité, jugez s'il serait cruellement malade, et s'il recevrait des rossées.

Appliquez ces principes au système de l'éducation « dans le coton », et voyez ce qu'il en résulte.

Cela ne sonne pas bien à l'oreille, mais de deux maux c'est le moindre.

Rudyard Kipling, *Simples Contes des collines.*

3 septembre

L'amour est libre il n'est jamais soumis au sort
Ô Lou le mien est plus fort encor que la mort
Un cœur le mien te suit dans ton voyage au Nord

Lettres Envoie aussi des lettres ma chérie
On aime en recevoir dans notre artillerie
Une par jour au moins une au moins je t'en prie

Lentement la nuit noire est tombée à présent
On va rentrer après avoir acquis du zan
Une deux trois À toi ma vie À toi mon sang

La nuit mon cœur la nuit est très douce et très blonde
Ô Lou le ciel est pur aujourd'hui comme une onde
Un cœur le mien te suit jusques au bout du monde

L'heure est venue Adieu l'heure de ton départ
On va rentrer Il est neuf heures moins le quart
Une deux trois Adieu de Nîmes dans le Gard

Apollinaire, « Adieu ! », in *Poèmes à Lou.*

4 septembre

Un lion dormait ; un rat vint se jeter contre sa gueule. Le lion, réveillé, le saisit et il allait le dévorer mais le rat le pria de ne pas le manger, disant que, s'il était sauvé, il lui témoignerait largement sa gratitude. Le lion se mit à rire et le relâcha. Or il lui arriva peu après de sauver sa vie grâce à la reconnaissance du rat. Pris par des chasseurs, en effet, il fut lié à un arbre avec une corde. Alors le rat, qui avait entendu ses gémissements, arriva, rongea la corde et le libéra. « Tu t'es jadis moqué de moi, lui dit-il, parce que tu ne t'attendais pas de ma part à un service en retour de ton bienfait. Eh bien sache maintenant que, chez les rats aussi, il y a de la reconnaissance. »
La fable montre que, dans le cas d'un changement de situation, même les plus puissants peuvent avoir besoin des plus faibles.

Ésope, « Le lion et le rat reconnaissant », in *Fables.*

5 septembre

Le chevalier n'est vraiment fier de sa victoire que lorsqu'il a triomphé d'un autre chevalier aussi courageux et aussi vaillant que lui. Il a senti, au sommet de sa force, que celle-ci avait des limites, qu'une autre force était à même de le vaincre, qu'elle le provoquait et s'apprêtait à la victoire. Il n'est pas fier de sa force en elle-même mais de la manière dont il s'en est servi. C'est pourquoi la figure du chevalier est supérieure au code de la chevalerie elle-même ; il domine sa propre force et reste le maître de la guerre. L'esprit d'égalité et de justice, pour reprendre l'expression ancienne, ne l'a pas abandonné. Cet esprit est si fort en lui qu'il peut le pousser à louer son adversaire et la force de celui-ci.

Adonis, *La Prière et l'Épée, Essais sur la culture arabe.*

6 septembre

Elle me dit : Quelque chose
Me tourmente. Et j'aperçus
Son cou de neige, et, dessus,
Un petit insecte rose.

J'aurais dû – mais, sage ou fou,
À seize ans on est farouche –
Voir le baiser sur sa bouche
Plus que l'insecte à son cou.

On eût dit un coquillage ;
Dos rose et taché de noir,
Les fauvettes pour nous voir
Se penchaient dans le feuillage.

Sa bouche fraîche était là :
Je me courbai sur la belle,
Et je pris la coccinelle ;
Mais le baiser s'envola.

— Fils, apprends comme on me nomme,
Dit l'insecte du ciel bleu,
Les bêtes sont au bon Dieu,
Mais la bêtise est à l'homme.

Victor Hugo, « La coccinelle », in *Les Contemplations*.

7 septembre

La vie, il ne l'avait pas vécue ; il pouvait dire qu'il n'avait jamais bien vu quoi que ce soit : à table, au lit, dans la rue, sur les bancs des jardins publics, toujours et partout, il n'avait fait que lire, lire, lire. Et maintenant aveugle, en face de la réalité vivante, qu'il n'avait jamais vue…

Luigi Pirandello, « Monde de papier »,
in *Nouvelles pour une année.*

8 septembre

La Nature est un temple où de vivants piliers
Laissent parfois sortir de confuses paroles ;
L'homme y passe à travers des forêts de symboles
Qui l'observent avec des regards familiers.

Comme de longs échos qui de loin se confondent
Dans une ténébreuse et profonde unité,
Vaste comme la nuit et comme la clarté,
Les parfums, les couleurs et les sons se répondent.

Il est des parfums frais comme des chairs d'enfants,
Doux comme des hautbois, verts comme les prairies
– Et d'autres, corrompus, riches et triomphants.

Ayant l'expansion des choses infinies,
Comme l'ambre, le musc, le benjoin et l'encens,
Qui chantent les transports de l'esprit et des sens.

Charles Baudelaire, « Correspondances »,
in *Les Fleurs du mal.*

9 septembre

Si un pauvre artiste à qui le temps manque ne faisait pas des sacrifices immenses en pensant, en écrivant à celle qu'il aime. Ici personne ne s'en doute, chacun me prendrait sans scrupule toutes mes heures. Et moi maintenant je voudrais vous consacrer toute ma vie, ne penser qu'à vous, n'écrire que pour vous. Avec quelle joie si j'étais libre de tout soin, je jetterais toutes les palmes, toutes les gloires et les plus beaux ouvrages comme des grains d'encens sur l'autel de l'amour. Aimer, Eva, c'est ma vie. Il y a bien longtemps que je n'aurais voulu vous demander votre portrait, s'il n'y avait pas eu je ne sais quelle injure dans cette demande, je ne le veux qu'après vous avoir vue. Aujourd'hui, ma fleur du ciel, je vous envoie une mèche de mes cheveux ; ils sont encore noirs, mais je me suis dépêché pour narguer le temps... je vous aime comme aime un enfant, avec toutes les joies, toutes les superstitions, toutes les illusions du premier amour...

Honoré de Balzac, *Lettre à Mme Hanska* (extrait),
9 septembre 1833.

10 septembre

Origines du monde.

Avant la mer, avant la terre et le ciel qui couvre tout, la nature, dans l'univers entier, offrait un seul et même aspect ; on l'a appelé le chaos ; ce n'était qu'une masse informe et confuse, rien qu'un bloc inerte, un entassement d'éléments mal unis et discordants. Il n'y avait pas encore de Titan pour donner sa lumière au monde ; Phébé ne réparait pas les cornes nouvelles de son croissant ; la terre n'était pas suspendue dans l'air environnant ni équilibrée par son propre poids ; Amphitrite n'avait pas étendu ses bras tout le long des rivages. Partout où il y avait de la terre, il y avait aussi de la mer et de l'air ; ainsi la terre était instable, ma mer impropre à la navigation, l'air privé de lumière ; aucun élément ne conservait sa forme, chacun d'eux était un obstacle pour les autres, parce que dans un seul corps, le froid faisait la guerre au chaud, l'humide au sec, le mou au dur, le pesant au léger.

Séparation des éléments.

Un dieu, ou la nature la meilleure, mit fin à cette lutte ; il sépara du ciel la terre, de la terre les eaux et il assigna un domaine au ciel limpide, un autre à l'air épais. Après avoir débrouillé ces éléments et les avoir tirés de la masse ténébreuse, en attribuant à chacun une place distincte, il les unit par les liens de la concorde et de la paix. La substance ignée et impondérable de la voûte céleste s'élança et se fit une place dans les régions supérieures. L'air est ce qui en approche le plus par sa légèreté et par sa situation ; la terre, plus dense, entraîna avec elle des éléments massifs et se tassa sous son propre poids ; l'eau répandue alentour occupa la dernière place et emprisonna le monde solide.

Ovide, *Les Métamorphoses.*

11 septembre

Un jour passé sans vous me brise, que quand je ne viens pas chez vous, c'est que je me fais une violence qui me bouleverse, que vous êtes le ciel pour moi, que je ne puis me passer de vous qu'en éprouvant l'enfer tout entier. Il y a quelque chose de mystérieux dans ce lien. Une passion n'est pas si invincible et une passion si peu encouragée : une passion exige autre chose. Je me contente de tout. Respirer près de vous, et pouvoir vous parler suffit à ma vie.
Je n'en puis plus d'épuisement. Mais je vous verrai, et je respire.

Benjamin Constant, *Lettre à Mme Récamier.*

12 septembre

Ma nuit te cherche sans cesse.
Mon corps ne parvient pas à concevoir que quelques rues ou une quelconque géographie nous séparent.
Mon corps devient flou de douleur de ne pouvoir reconnaître au milieu de ma nuit ta silhouette ou ton ombre.
Mon corps voudrait t'embrasser dans ton sommeil.
Mon corps voudrait en pleine nuit dormir et dans ces ténèbres être réveillé parce que tu l'embrasserais.
Ma nuit ne connaît pas de rêve plus beau que celui-là.
Ma nuit hurle et déchire ses voiles, ma nuit se cogne à son propre silence, mais ton corps reste introuvable. Tu me manques tant. Et tes mots. Et ta couleur.
Le jour va bientôt se lever.

Frida Kahlo, *Lettre à Diego Rivera* (extrait),
12 septembre 1939.

13 septembre

Heureux celui qui traverse la vie, secourable, en ignorant la peur, étranger à l'agressivité et au ressentiment ! Dans une telle nature se révèlent les témoins magnifiques qui apportent une consolation à l'humanité, dans les situations malheureuses qu'elle se crée elle-même.

Albert Einstein, *Comment je vois le monde.*

14 septembre

Ajoutez que les vieillards adorent les enfants et que ceux-ci raffolent d'eux, car qui se ressemble s'assemble. Ils ne diffèrent que par les rides et le nombre des années. Cheveux clairs, bouche sans dents, corps menu, goût du lait, balbutiement, babillage, niaiserie, manque de mémoire, étourderie, tout les rapproche ; et plus s'avance la vieillesse, plus s'accentue cette ressemblance, jusqu'à l'heure où l'on sort des jours, incapable à la fois, comme l'enfant, de regretter la vie et de sentir la mort.

Érasme, *Éloge de la folie.*

15 septembre

Ce sont les mères des hiboux
Qui désiraient chercher les poux
De leurs enfants, leurs petits choux,
En les tenant sur les genoux.
Leurs yeux d'or valent des bijoux,
Leur bec est dur comme cailloux,
Ils sont doux comme des joujoux,
Mais aux hiboux point de genoux !
Votre histoire se passait où ?
Chez les Zoulous ? Les Andalous ?
Ou dans la cabane bambou ?
À Moscou ? Ou à Tombouctou ?
En Anjou ou dans le Poitou ?
Au Pérou ou chez les Mandchous ?
Hou ! Hou !
Pas du tout, c'était chez les fous.

Robert Desnos, « Les hiboux »,
in *Chantefables et Chantefleurs.*

16 septembre

Quand je m'y suis mis quelquefois à considérer les diverses agitations des hommes et les périls et les peines où ils s'exposent dans la Cour, dans la guerre, d'où naissent tant de querelles, de passions, d'entreprises hardies et souvent mauvaises, etc., j'ai dit souvent que tout le malheur des hommes vient d'une seule chose, qui est de ne savoir pas demeurer en repos dans une chambre. Un homme qui a assez de bien pour vivre, s'il savait demeurer chez soi avec plaisir, n'en sortirait pas pour aller sur la mer ou au siège d'une place. On n'achète une charge à l'armée si cher que parce qu'on trouverait insupportable de ne bouger de la ville. Et on ne recherche les conversations et les divertissements des jeux que parce qu'on ne peut demeurer chez soi avec plaisir.

Pascal, « Divertissement », in *Pensées.*

17 septembre

Et si un jour ou une nuit, un démon se glissait furtivement dans ta plus solitaire solitude et te disait : « Cette vie, telle que tu la vis et l'as vécue, il te faudra la vivre encore une fois et encore d'innombrables fois ; et elle ne comportera rien de nouveau, au contraire, chaque douleur et chaque plaisir et chaque pensée et soupir et tout ce qu'il y a dans ta vie d'indiciblement petit et grand doit pour toi revenir, et tout suivant la même succession et le même enchaînement – et également cette araignée et ce clair de lune entre les arbres, et également cet instant et moi-même. Un éternel sablier de l'existence est sans cesse renversé, et toi avec lui, poussière des poussières ! »

Friedrich Nietzsche, *Le Gai Savoir*,
in *Le Bonheur : anthologie.*

18 septembre

Quand vous serez bien vieille, au soir, à la chandelle,
Assise auprès du feu, devisant et filant,
Direz chantant mes vers, en vous émerveillant :
Ronsard me célébrait du temps que j'étais belle.

Lors vous n'aurez servante oyant telle nouvelle,
Déjà sous le labeur à demi sommeillant,
Qui au bruit de mon nom ne s'aille réveillant,
Bénissant votre nom de louange immortelle.

Je serai sous la terre, et, fantôme sans os,
Par les ombres myrteux je prendrai mon repos ;
Vous serez au foyer une vieille accroupie,

Regrettant mon amour et votre fier dédain.
Vivez, si m'en croyez, n'attendez à demain ;
Cueillez dès aujourd'hui les roses de la vie.

Pierre de Ronsard, « Quand vous serez bien vieille »,
in *Sonnets pour Hélène.*

19 septembre

Dès mon enfance, j'étais noté pour la docilité et l'humanité de mon caractère. Ma tendresse de cœur était même si remarquable qu'elle avait fait de moi le jouet de mes camarades. J'étais particulièrement fou des animaux, et mes parents m'avaient permis de posséder une grande variété de favoris. Je passais presque tout mon temps avec eux, et je n'étais jamais si heureux que quand je les nourrissais et les caressais. Cette particularité de mon caractère s'accrut avec ma croissance, et, quand je devins un homme, j'en fis une de mes principales sources de plaisirs. Pour ceux qui ont voué une affection à un chien fidèle et sagace, je n'ai pas besoin d'expliquer la nature ou l'intensité des jouissances qu'on peut en tirer. Il y a dans l'amour désintéressé d'une bête, dans ce sacrifice d'elle-même, quelque chose qui va directement au cœur…

Edgar Poe, « Le chat noir »,
in *Histoires extraordinaires et Poèmes.*

20 septembre

J'aime les soirs sereins et beaux, j'aime les soirs,
Soit qu'ils dorent le front des antiques manoirs
Ensevelis dans les feuillages,
Soit que la brume au loin s'allonge en bancs de feu,
Soit que mille rayons brisent dans un ciel bleu
À des archipels de nuages.

Oh ! regardez le ciel ! cent nuages mouvants,
Amoncelés là-haut sous le souffle des vents,
Groupent leurs formes inconnues ;
Sous leurs flots par moments flamboie un pâle éclair,
Comme si tout à coup quelque géant de l'air
Tirait son glaive dans les nues.

Le soleil à travers leurs ombre brille encor ;
Tantôt fait, à l'égal des larges dômes d'or,
Luire le toit d'une chaumière ;
Ou dispute aux brouillards les vagues horizons ;
Ou découpe, en tombant sur les sombres gazons,
Comme de grands lacs de lumière.

Puis voilà qu'on croit voir, dans le ciel balayé,
Pendre un grand crocodile au dos large et rayé,
Aux trois rangs de dents acérées ;
Sous son ventre plombé glisse un rayon du soir ;
Cent nuages ardents luisent sous son flanc noir
Comme des écailles dorées.

Puis se dresse un palais. Puis l'air tremble et tout fuit.
L'édifice effrayant des nuages détruit
S'écroule en ruines pressées ;
Il jonche au loin le ciel, et ses cônes vermeils
Pendent, la pointe en bas, sur nos têtes, pareils
À des montagnes renversées.

Ces nuages de plomb, d'or, de cuivre, de fer,
Où l'ouragan, la trombe, et la foudre, et l'enfer,
Dorment avec de sourds murmures,
C'est Dieu qui les suspend en foule aux cieux profonds…

Victor Hugo, « Soleils couchants »,
in *Les Feuilles d'automne.*

21 septembre

Si tu savais comme on a besoin de peu de chose pour être heureux !

Comme nous sommes prétentieux avec nos enfants… nous leur donnons la vie… et nous voulons faire mieux, comme si c'était possible !

La réalité, quelle qu'elle soit, est bien plus belle que l'illusion…

Sacha Guitry, *Mon père avait raison*, in *Théâtre*.

22 septembre

Il ne suffit pas que l'œuvre poétique soit belle ; elle doit être émouvante et conduire où il lui plaît l'âme du spectateur. L'homme rit en voyant rire, pleure en voyant pleurer. Si tu veux me tirer des pleurs, tu dois d'abord en verser toi-même ; alors seulement je serai touché de tes misères, Télèphe, et des tiennes, Pélée ; si, au contraire, tu tiens mal ton rôle, je dormirai ou rirai. Les paroles doivent s'accorder à l'air du visage ; tristes dans l'affliction, menaçantes dans la colère, badines dans l'enjouement, sérieuses dans la gravité. La nature, en effet, commence par nous façonner intérieurement à toute espèce de situation, elle nous pousse à la joie ou à la colère, nous abat et nous torture sous le poids du chagrin, puis elle fait jaillir nos sentiments dans nos paroles.

Horace, *Art poétique, ou Épître aux Pisons.*

23 septembre

La fleur des Alpes disait au coquillage : « tu luis »
Le coquillage disait à la mer : « tu résonnes »
La mer disait au bateau : « tu trembles »
Le bateau disait au feu : « tu brilles »
Le feu me disait : « je brille moins que ses yeux »
Le bateau me disait : « je tremble moins que ton cœur quand elle paraît »
La mer me disait : « je résonne moins que son nom en ton amour »
Le coquillage me disait : « je luis moins que le phosphore du désir dans ton rêve creux »
La fleur des Alpes me disait : « elle est belle »
Je disais : « elle est belle, elle est belle, elle est émouvante ».

Robert Desnos, « Chant du ciel », in *Corps et Biens.*

24 septembre

Comme nous nous affectionnons de plus en plus aux personnes à qui nous faisons du bien, de même nous haïssons violemment ceux que nous avons beaucoup offensés.

Rien ne coûte moins à la passion que de se mettre au-dessus de la raison : son grand triomphe est de l'emporter sur l'intérêt.

La Bruyère, « Du cœur », in *Les Caractères.*

25 septembre

Un ballon dans l'air, même faisant vingt lieues à l'heure, est une immobilité absolue. La flamme d'une bougie n'y tremble pas. En effet, ce n'est pas le ballon qui se déplace, c'est la zone d'air dans laquelle il est immergé.

Victor Hugo, *Choses vues*, 25 septembre 1846.

26 septembre

Comment exprimer cette foule de sensations fugitives que j'éprouvais dans mes promenades ? Les sons que rendent les passions dans le vide d'un cœur solitaire ressemblent au murmure que les vents et les eaux font entendre dans le silence d'un désert ; on en jouit, mais on ne peut les peindre.
L'automne me surprit au milieu de ces incertitudes : j'entrai en ravissement dans le mois des tempêtes. Tantôt j'aurais voulu être un de ces guerriers errant au milieu des vents, des nuages et des fantômes ; tantôt j'enviais jusqu'au sort du pâtre que je voyais réchauffer ses mains à l'humble feu de broussailles qu'il avait allumé au coin d'un bois. J'écoutais ses chants mélancoliques, qui me rappelaient que dans tout pays le chant naturel de l'homme est triste, lors même qu'il exprime le bonheur.
Notre cœur est un instrument incomplet, une lyre où il manque des cordes, et où nous sommes forcés de rendre les accents de la joie sur le ton consacré aux soupirs.

François-René de Chateaubriand, *René*, in *Œuvres*.

27 septembre

« Cela t'a évidemment surpris », dit-il au bout d'un instant, sans cesser de regarder par la fenêtre.
« Quoi donc, mon cher ? »
« Mon mariage. »
« Oh, tu sais, moi », dit Bernard, « tout me surprend. J'ai l'esprit livré aux conjonctures, toutes sortes d'idées me passent par la tête, mais advienne la chose la plus naturelle, j'en suis toujours assez étonné. Je vis dans un rêve et j'en suis perpétuellement réveillé par les actions des autres ».

Henry James, *Confiance.*

28 septembre

Je laisserai le lit comme elle l'a laissé, défait et rompu, les draps mêlés, afin que la forme de son corps reste empreinte à côté du mien.

Jusqu'à demain je n'irai pas au bain, je ne porterai pas de vêtements et je ne peignerai pas mes cheveux, de peur d'effacer ses caresses.

Ce matin, je ne mangerai pas, ni ce soir, et sur mes lèvres je ne mettrai ni rouge ni poudre, afin que son baiser demeure.

Je laisserai les volets clos et je n'ouvrirai pas la porte, de peur que le souvenir resté ne s'en aille avec le vent.

Pierre Louÿs, « Le passé qui survit »,
in *Les Chansons de Bilitis.*

29 septembre

Je m'en allais, les poings dans mes poches crevées ;
Mon paletot aussi devenait idéal ;
J'allais sous le ciel, Muse ! et j'étais ton féal ;
Oh ! là ! là ! que d'amours splendides j'ai rêvées !

Mon unique culotte avait un large trou.
– Petit-Poucet rêveur, j'égrenais dans ma course
Des rimes. Mon auberge était à la Grande-Ourse.
– Mes étoiles au ciel avaient un doux frou-frou

Et je les écoutais, assis au bord des routes,
Ces bons soirs de septembre où je sentais des gouttes
De rosée à mon front, comme un vin de vigueur ;

Où, rimant au milieu des ombres fantastiques,
Comme des lyres, je tirais les élastiques
De mes souliers blessés, un pied près de mon cœur !

Arthur Rimbaud, « Ma bohème », in *Œuvres complètes.*

30 septembre

Ce fut le moment des sous-entendus adroits, des voiles levés par des mots, comme on lève des jupes, le moment des ruses de langage, des audaces habiles et déguisées, de toutes les hypothèses impudiques, de la phrase qui montre des images dévêtues avec des expressions couvertes, qui fait passer dans l'œil et dans l'esprit la vision rapide de tout ce qu'on ne peut pas dire, et permet aux gens du monde une sorte d'amour subtil et mystérieux, une sorte de contact impur des pensées par l'évocation simultanée, troublante et sensuelle comme une étreinte, de toutes les choses secrètes, honteuses et désirées de l'enlacement.

Guy de Maupassant, *Bel-Ami*.

AUTOMNE

Attendre la belle saison ? Non point. Se réfugier dans les textes et les auteurs comme on se blottit sous la couette ? Non point. Mais relever le front, les yeux suspendus aux couleurs des saisons ou au noir qu'a su rendre si lumineux le peintre Soulages, profiter de l'automne, l'hiver, de leur grandeur et de leur aube, pour revenir à l'essentiel, découvrir de nouveaux et moins connus textes essentiels. Être dans l'automne comme dans l'hiver et comme Chateaubriand voir en la nature « ses temps de solennité », traverser avec Alice et Lewis Carroll le verre et sauter dans la pièce du Miroir car souvenons-nous de ce qu'écrivit Boris Pasternak à l'été 1856 :

Ce qui est beau, ce qui élève,
Ce n'est pas la célébrité.
Il ne faut pas ouvrir d'archives
Ou trembler sur de vieux papiers[1].

Méditer en somme. Et rêver plus tard. Ce sont les vœux que je vous adresse.

1. Boris Pasternak, « L'éclaircie », in *Ma sœur, la vie*.

OCTOBRE

1er octobre

Je ne suis pas de ceux qui s'imaginent qu'ils n'ont qu'à ouvrir la bouche pour que les alouettes y tombent toutes rôties… Non, mais tout de même, j'ouvre la bouche de temps en temps.

Alphonse Allais, *À dire et à lire.*

2 octobre

Elle se levait dès l'aube, pour ne pas manquer la messe, et travaillait jusqu'au soir sans interruption ; puis, le dîner étant fini, la vaisselle en ordre et la porte bien close, elle enfouissait la bûche sous les cendres et s'endormait devant l'âtre, son rosaire à la main. Personne, dans les marchandages, ne montrait plus d'entêtement. Quant à la propreté, le poli de ses casseroles faisait le désespoir des autres servantes. Économe, elle mangeait avec lenteur, et recueillait du doigt sur la table les miettes de son pain – un pain de douze livres, cuit exprès pour elle, et qui durait vingt jours.

En toute saison elle portait un mouchoir d'indienne fixé dans le dos par une épingle, un bonnet lui cachant les cheveux, des bas gris, un jupon rouge, et par-dessus sa camisole un tablier à bavette, comme les infirmières d'hôpital.

Gustave Flaubert, *Un cœur simple.*

3 octobre

Certes, en l'occurrence, l'espèce humaine peut envier toutes les espèces d'animaux. L'aigle par sa puissance peut vaincre les autres oiseaux mais ceux-ci lui échappent par la rapidité de leur vol, l'hirondelle, grâce à sa prestesse échappe à la cruauté du faucon, la dauphine par sa vélocité échappe à la rapine de la baleine et des cachalots mais pour nous, misérables, il n'existe pas de fuite, car le pas lent de ce démon dépasse, et de loin, la vitesse du plus rapide coursier.
Je ne sais que dire ni que faire, j'ai l'impression de nager, tête baissée dans l'immense gueule et que, confondu par la mort, je suis enseveli dans le grand ventre !

Léonard de Vinci, *Carnets.*

4 octobre

C'est là le don du plus grand : qu'il y ait témérité et danger et que le plus grand joue sa vie.
Et où il y a sacrifice et service rendu et regard d'amour, il y a aussi volonté d'être maître. C'est par des chemins détournés que le plus faible se glisse dans la forteresse et jusqu'au cœur du plus puissant, et vole la puissance.

Friedrich Nietzsche, *Ainsi parlait Zarathoustra.*

5 octobre

Plus la saison était triste, plus elle était en rapport avec moi ; le temps des frimas, en rendant les communications moins faciles, isole les habitants des campagnes : on se sent mieux à l'abri des hommes.
Je voyais avec un plaisir indicible le retour de la saison des tempêtes, le passage des cygnes et des ramiers, le rassemblement des corneilles dans la prairie de l'étang ou leur perchée à l'entrée de la nuit sur les plus hauts chênes du grand Mail. Lorsque le sol élevait une vapeur bleuâtre au carrefour des forêts, que les complaintes ou les lais du vent gémissaient dans les mousses flétries, j'entrais en pleine possession des sympathies de la nature. Rencontrais-je quelque laboureur, je m'arrêtais pour regarder cet homme germé à l'ombre des épis, parmi lesquels il devait être moissonné et qui, retournant la terre de sa tombe avec le soc de sa charrue, mêlait ses sueurs brûlantes aux pluies glacées de l'automne ; le sillon qu'il creusait était le monument destiné à lui survivre.
Que faisait à cela mon élégante démone ? Par sa magie, elle me transportait au bord du Nil, me montrait la pyramide égyptienne dans le sable, comme un jour le sillon armoricain caché sous la bruyère : je m'applaudissais d'avoir placé les fables de ma félicité hors du cercle des réalités humaines.

François-René de Chateaubriand,
Mémoire d'outre-tombe, partie I, livre III.

6 octobre

Il n'y a jamais trop de livres ! Il en faut et encore, et toujours ! C'est par le livre, et non par l'épée, que l'humanité vaincra le mensonge et l'injustice, conquerra la paix finale de la fraternité entre les peuples.

Émile Zola, *Rome*.

7 octobre

Le genre humain, tel qu'il est, ne peut subsister, à moins qu'il y ait une infinité d'hommes utiles qui ne possèdent rien du tout ; car, certainement, un homme à son aise ne quittera pas sa terre pour venir labourer la vôtre ; et, si vous avez besoin d'une paire de souliers, ce ne sera pas un maître des requêtes qui vous le fera. L'égalité est donc à la fois la chose la plus naturelle et en même temps la plus chimérique.

Voltaire, *Dictionnaire philosophique*.

8 octobre

— L'amour », répéta-t-elle lentement, comme si elle se fût parlé à elle-même ; puis étant arrivée à détacher sa dentelle, elle dit tout à coup : « Ce mot me déplaît parce qu'il a pour moi un sens plus profond et beaucoup plus grave que vous ne pouvez l'imaginer. Au revoir », ajouta-t-elle en le regardant bien en face. Elle lui tendit la main et d'un pas rapide passa devant le suisse et disparut dans sa voiture.

Ce regard, ce serrement de main bouleversèrent Vronski. Il baisa la paume de sa main que ses doigts avaient touchée, et rentra chez lui avec la conviction bienheureuse que cette soirée l'avait plus rapproché du but rêvé que les deux mois précédents.

Léon Tolstoï, *Anna Karénine.*

9 octobre

Comme tout disparaît en un instant : dans le monde, les personnes ; et dans la durée, les souvenirs qu'elles laissent après elles ! Qu'est-ce que toutes les choses sensibles, et surtout celles qui nous séduisent par le plaisir ou nous épouvantent par la douleur, et dont notre vanité fait tant de bruit ? Comment des objets si frivoles, si méprisables, si décousus, si périssables et si parfaitement morts pourraient-ils occuper notre intelligence et notre raison ? Que sont même les hommes dont les jugements et les suffrages distribuent la gloire ? Qu'est-ce que mourir ? Si l'on considère la mort en elle-même, et si, par la pensée et l'analyse, on dissipe les vains fantômes qu'on y joint sans raison, que peut-on penser d'elle sinon qu'elle est une simple fonction de la nature ? Mais pour redouter une fonction naturelle, il faut être un véritable enfant. Bien plus, ce n'est pas même là une simple opération que la nature accomplit ; c'est en outre une opération qui lui est éminemment utile. Comment l'homme entre-t-il en rapport avec Dieu ? Par quelle partie de son être ? Et en quoi cette partie de l'homme doit-elle alors se modifier ?

Marc Aurèle, *Pensées*.

10 octobre

Les sanglots longs
Des violons
De l'automne
Blessent mon cœur
D'une langueur
Monotone.

Tout suffocant
Et blême, quand
Sonne l'heure,
Je me souviens
Des jours anciens
Et je pleure

Et je m'en vais
Au vent mauvais
Qui m'emporte
Deçà, delà,
Pareil à la
Feuille morte.

Paul Verlaine, « Chanson d'automne »,
in *Poèmes saturniens.*

11 octobre

La volupté physique est un épisode de la vie des sens ; elle n'est en rien différente d'un pur regard ou de la pure sensation que produit un beau fruit sur la langue ; c'est une grande expérience illimitée qui nous est donnée, une connaissance de l'univers, qui a la plénitude et l'éclat de toute connaissance. Et ce qui est mauvais n'est pas de l'éprouver ; mais ce qui est mauvais, c'est que presque tous font un mauvais usage de cette expérience, qu'ils la dilapident et en font une excitation, qu'ils placent partout où leur vie est lasse et qu'ils la considèrent comme un divertissement, au lieu d'en faire un lieu de recueillement pour les heures les plus hautes.

Rainer Maria Rilke, *Lettres à un jeune poète.*

12 octobre

Amour céleste, que de choses j'ai à te dire, et pour lesquelles il faudrait les saintes heures pendant lesquelles le cœur sent le besoin de se mettre à nu. Les adorables plaisirs de l'amour ne sont que les moyens d'arriver à cette union, cette fusion des âmes. Chère, avec quelle joie, je vois mes fortunes de cœur, et le sort de mon âme assurés. Oui, je t'aimerai, seule et unique dans toute ma vie. Tu as tout ce qu'il me plaît. Tu exhales pour moi, le parfum le plus enivrant qu'une femme puisse avoir, cela seul est un trésor d'amour. Je t'aime avec un fanatisme qui n'exclut pas cette ravissante quiétude d'un amour sans orages possibles. Oui, dis-toi bien que je respire par l'air que tu aspires, que je ne puis jamais avoir d'autre pensée que toi. Tu es la fin de tout pour moi. [...] Je t'aime, mon ange de la terre, comme on aimait au Moyen Âge, avec la plus entière des fidélités, et mon amour sera toujours plus grand, sans tache, je suis fier de cet amour. C'est le principe d'une nouvelle vie. De là, le nouveau courage que je me sens contre mes dernières adversités. Je voudrais être plus grand, être quelque chose de glorieux pour que la couronne à poser sur ta tête fût la plus feuillue, la plus fleurie, de toutes celles qu'ont noblement gagnées les grands hommes. N'aie donc jamais ni défiance, ni crainte; il n'y a pas d'abîmes dans les cieux. Mille baisers pleins de caresses, mille caresses pleines de baisers. Mon Dieu, ne pourrais-je donc jamais te faire bien voir combien je t'aime, toi, mon Ève.

Honoré de Balzac, *Lettre à Mme Hanska* (extrait).

13 octobre

À la base, la passion des amants prolonge dans le domaine de la sympathie morale la fusion des corps entre eux. Elle la prolonge ou elle en est l'introduction. Mais pour celui qui l'éprouve, la passion peut avoir un sens plus violent que le désir du corps. Jamais nous ne devons oublier qu'en dépit des promesses de félicité qui l'accompagnent, elle introduit d'abord le trouble et le dérangement. La passion heureuse elle-même engage un désordre si violent que le bonheur dont il s'agit, avant d'être un bonheur dont il est possible de jouir, est si grand qu'il est comparable à son contraire, à la souffrance. Son essence est la substitution d'une continuité merveilleuse entre deux êtres à leur discontinuité persistante.

Georges Bataille, *L'Érotisme.*

14 octobre

Chaque action parfaite s'accompagne de volupté. À cela tu connais que tu devais la faire. Je n'aime point ceux qui se font un mérite d'avoir péniblement œuvré. Car si c'était si pénible, ils auraient mieux fait de faire autre chose. La joie que l'on y trouve est signe de l'appropriation du travail, et la sincérité de mon plaisir, Nathanaël, m'est le plus important des guides.

André Gide, *Les Nourritures terrestres.*

15 octobre

LA PONCIA

Adela ! voyons, c'est ta sœur, et même celle qui t'aime le plus !

ADELA

Elle ne me lâche pas d'une semelle. Parfois, elle met le nez à ma porte pour voir si je dors. Elle ne me laisse pas respirer. Et toujours : « Quel dommage ! Dire que cette figure, que ce corps ne sera jamais à personne ! » Eh bien, non. Mon corps sera à qui je voudrai.

LA PONCIA, *d'un air entendu, à voix basse*

À José le Romano, par exemple. Hein ?

ADELA, *saisie*

Que dis-tu ?

LA PONCIA

Ce que je dis, Adela.

ADELA

Tais-toi !

LA PONCIA, *haut*

Crois-tu que je n'aie rien remarqué ?

Adela

Baisse la voix !

La poncia

Étouffe cette pensée !

Adela

Que sais-tu ?

La poncia

Nous autres, les vieilles, nous voyons à travers les murs. Où t'en vas-tu la nuit, quand tu te lèves ?

Federico García Lorca, *La Maison de Bernarda Alba*.

16 octobre

Pourquoi faut-il, lorsqu'il s'agit de trouver une comparaison à la vie, que l'on songe toujours à un voyage en métro qui vous propulse à cinquante miles à l'heure au bout du tunnel – où vous arriverez sans une épingle dans les cheveux ! Jetée nue comme un ver aux pieds du Seigneur ! Culbutée jambes par-dessus tête au milieu des champs d'asphodèles comme un colis enveloppé de papier d'emballage dans le toboggan postal ! Cheveux au vent flottant comme la queue d'un pur-sang. Oui, c'est une bonne expression de la brièveté de la vie, de son cycle perpétuel de perte et récupération ; toute cette contingence et tout ce désordre…

Mais après la vie. Ces tiges vertes et grasses, sur lesquelles on tire jusqu'à ce que la corolle de la fleur, en se renversant, vous inonde de lumière violet et rouge. Pourquoi, après tout, ne pas naître au-delà, comme on est né ici, sans force ni parole, incapable de fixer son regard, accroché aveuglément aux racines des graminées, aux doigts de pied des géants ? Quant à distinguer les arbres des hommes et des femmes, ou même de savoir si de telles choses existent, on ne sera pas en mesure de le faire avant une cinquantaine d'années. Tout ne sera plus qu'espaces de lumière et d'obscurité, entrecoupés d'épaisses tiges, et, un peu plus haut peut-être, des taches de formes rosacées, aux couleurs indécises – bleu, rose foncé – qui s'affirmeront avec le temps, pour devenir – je ne sais quoi…

Virginia Woolf, « La marque sur le mur »,
in *Œuvres romanesques*.

17 octobre

Depuis huit jours, j'avais déchiré mes bottines
Aux cailloux des chemins. J'entrais à Charleroi.
– Au Cabaret-Vert : je demandai des tartines
De beurre et du jambon qui fût à moitié froid.
Bienheureux, j'allongeai les jambes sous la table
Verte : je contemplai les sujets très naïfs
De la tapisserie. – Et ce fut adorable,
Quand la fille aux tétons énormes, aux yeux vifs,
– Celle-là, ce n'est pas un baiser qui l'épeure ! –
Rieuse, m'apporta des tartines de beurre,
Du jambon tiède, dans un plat colorié,
Du jambon rose et blanc parfumé d'une gousse
D'ail, – et m'emplit la chope immense, avec sa mousse
Que dorait un rayon de soleil arriéré.

Arthur Rimbaud, « Au Cabaret-Vert, cinq heures du soir »,
Cahier de Douai, in *Poésies complètes*.

18 octobre

La source tombait du rocher
Goutte à goutte à la mer affreuse.
L'Océan, fatal au nocher,
Lui dit : « Que me veux-tu, pleureuse ?

Je suis la tempête et l'effroi ;
Je finis où le ciel commence,
Est-ce que j'ai besoin de toi,
Petite, moi qui suis l'immense ? »

La source dit au gouffre amer :
« Je te donne, sans bruit ni gloire,
Ce qui te manque, ô vaste mer !
Une goutte d'eau qu'on peut boire. »

Victor Hugo, « En marche », in *Les Contemplations.*

19 octobre

Peut-on aimer tous les hommes sans exception, tous ses semblables ? Voilà une question que je me suis souvent posée. Certainement non ; c'est même contre nature. L'amour de l'humanité est une abstraction à travers laquelle on n'aime guère que soi.

Fiodor Dostoïevski, *L'Idiot.*

20 octobre

Le 20,
Cette journée s'est écoulée comme toutes celles que je passe ici, mon cher ange, c'est-à-dire sans être marquée par rien de nouveau ni d'intéressant à vous raconter. Mais je vivrais cent ans de la même manière, et je vous écrirais tous les jours, que tous les jours, il me semble que j'aurais quelque chose à vous dire. Qu'importe que je vous répète cent fois, mille fois la même chose ? Notre affection sera toujours le sujet de nos entretiens et aucun de nous ne se lassera jamais de dire ni de faire répéter à l'autre ce mot délicieux : « Je t'aime. » Je crois qu'on ne peut jamais en épuiser, en tarir la douceur…

George Sand, *Lettre à Aurélien de Sèze*, 20 octobre 1825.

21 octobre

[Parmi] les désirs, les uns sont naturels et les autres vains, et [...] parmi les désirs naturels, les uns sont nécessaires, et les autres seulement naturels. Enfin, parmi les désirs nécessaires, les uns sont nécessaires au bonheur, les autres à la tranquillité du corps, et les autres à la vie elle-même. Une théorie véridique des désirs sait rapporter les désirs et l'aversion à la santé du corps et à l'ataraxie de l'âme, puisque c'est là la fin d'une vie bienheureuse, et que toutes nos actions ont pour but d'éviter à la fois la souffrance et le trouble.
Quand une fois nous y sommes parvenus, tous les orages de l'âme se dispersent, l'être vivant n'ayant plus alors à marcher vers quelque chose qu'il n'a pas ni à rechercher autre chose qui puisse parfaire le bonheur de l'âme et du corps. Car nous recherchons le plaisir, seulement quand son absence nous cause une souffrance. Quand nous ne souffrons pas, nous n'avons plus que faire du plaisir. Et c'est pourquoi nous disons que le plaisir est le commencement et la fin d'une vie bienheureuse.

Épicure, « Lettre à Ménécée », in Diogène Laërce,
Vie, doctrines et sentences des philosophes illustres.

22 octobre

JULIETTE

Comment es-tu venu, dis-moi, et pourquoi ?
Les murs du jardin sont hauts, durs à franchir,
Et ce lieu est la mort, vu celui que tu es,
Si l'un de nos parents te voit.

ROMÉO

Sur les ailes légères de l'amour j'ai passé ces murs
Car les limites de pierres ne retiennent pas l'amour.
Ce que peut faire amour, amour ose le tenter.
Ainsi tes parents ne pourraient m'arrêter.

William Shakespeare, *Roméo et Juliette.*

23 octobre

Le théâtre n'est qu'un jeu qui se donne des airs de vie.

Je suis arrêté par des grains de sable aussi nombreux que ceux de la mer.

Les laveuses, l'hiver, dans la buée à la rivière, ce sont presque des Ondines.

La clef est sur la porte. Ça ne veut pas dire : « Vous pouvez entrer », mais : « Oh ! personne n'entrera. Il n'y a rien à prendre. »

Le fossoyeur, la goutte au nez : une goutte noire, du sang de mort.

Un peu avant le coucher du soleil, l'heure où il ne me vient que des pensées fines, si fines que mon cerveau est comme un arbre dépouillé de feuilles.

Jules Renard, *Journal* (23 octobre 1905).

24 octobre

Sacha, assise à la fenêtre ouverte et Ossip, le fusil en bandoulière, debout devant la fenêtre.

OSSIP

Comment c'est arrivé ? Tout simplement… J'allais dans le taillis, pas loin, là, et je la vois, dans la petite combe : elle a relevé sa robe, elle prend l'eau du ruisseau dans une feuille de nénuphar. Elle prend de l'eau, elle boit, elle prend de l'eau, elle boit, puis elle se mouille les cheveux… Moi, je descends en bas, j'approche plus près et, là, je la regarde. Elle, comme si de rien n'était, un crétin, n'est-ce pas, un paysan, pourquoi je te remarquerais ? « Madame, que je dis, Votre Excellence, vous voulez boire un peu d'eau fraîche, comme ça ? » « Toi, qu'elle me répond, ça te regarde ? Retourne d'où tu viens ! » Elle dit ça, et pas même un coup d'œil… Moi, ça m'a anéanti. Et la honte m'a pris, et la rancœur, d'être né dans l'état de paysan… « Qu'est-ce que t'as, gros nigaud, à rester me regarder, qu'elle me demande, t'as jamais vu un être humain ou quoi ? » Et elle me regarde, comme ça, pour me percer… « Ou peut-être, qu'elle me dit, je te plais » « C'est fou, je lui dis, ce que vous me plaisez. Vous êtes tellement, Votre Excellence, une dame haute, et puis sensible, et puis si belle… Plus belle que vous, je lui dis, jamais j'ai vu… la plus belle au village, Manka, la fille au garde champêtre, que je dis, en face de vous, c'est rien qu'un cheval, un dromadaire… Et tendre que vous êtes ! Je vous ferais un baiser, je lui dis, je crois que je mourrais net ! » Là, elle part d'un grand rire. « Eh bien, elle me dit, fais-le-moi, ce baiser ! » Moi, sur ces mots-là, je brûlais comme dans les flammes. Je m'approche d'elle, et je lui mets la main sur son épaule, tout doucement, et puis, je prends mon élan, je lui donne un baiser, ici, là, juste là, sur la joue et dans le cou, tout en même temps…

SACHA *(se mettant à rire)*

Et elle, alors ?

OSSIP

« Et maintenant, elle me dit, du balai ! Lave-toi plus souvent, qu'elle me dit, et coupe-toi les ongles ! » Et je me suis écarté.

Anton Tchekhov, *Platonov.*

25 octobre

Je suis belle, ô mortels ! comme un rêve de pierre,
Et mon sein, où chacun s'est meurtri tour à tour,
Est fait pour inspirer au poète un amour
Éternel et muet ainsi que la matière.

Je trône dans l'azur comme un sphinx incompris ;
J'unis un cœur de neige à la blancheur des cygnes ;
Je hais le mouvement qui déplace les lignes,
Et jamais je ne pleure et jamais je ne ris.

Les poètes, devant les grandes attitudes,
Que j'ai l'air d'emprunter aux plus fiers monuments,
Consumeront leurs jours en d'austères études ;

Car j'ai, pour fasciner ces dociles amants,
De purs miroirs qui font toutes choses plus belles :
Mes yeux, mes larges yeux aux clartés éternelles !

Charles Baudelaire, « La beauté », in *Les Fleurs du mal.*

26 octobre

Le plus grand bien est celui qui vous délecte avec tant de force qu'il vous met dans l'impuissance totale de sentir autre chose, comme le plus grand mal est celui qui va jusqu'à nous priver de tout sentiment. Voilà les deux extrêmes de la nature humaine, et ces deux moments sont courts.

Voltaire, *Dictionnaire philosophique.*

27 octobre

Chaque fois que je jette un regard sur ses boucles,
j'arrache de mon cœur le plaisir et la joie.
Mes pleurs se mettent à couler, mon ventre se met à palpiter,
mon âme devient chagrinée, mon corps se met à frissonner.
Chaque fois que je mets la main sur les torsades de ses boucles,
sur moi-même je me convulse de tourment et de passion.
Tantôt le mets sur ma face, tantôt sur mes yeux je les pose ;
tantôt je mets mille baisers sur une seule de ses boucles.
À chaque nuit que je la vois, je tombe, perdant connaissance ;
me trouvant dans l'inconscience, ma main laisse tomber ses boucles.
Sans toi, je ne puis dévouer mon cœur à tes boucles ; sans toi,
je ne serais plus qu'un cheveu, serais-je de pierre ou de fer.

Qatrân, « Ses boucles », in *Anthologie de la poésie persane.*

28 octobre

L'amour naît brusquement, sans autre réflexion, par tempérament ou par faiblesse : un trait de beauté nous fixe, nous détermine. L'amitié, au contraire, se forme peu à peu, avec le temps, par la pratique, par un long commerce. Combien d'esprit, de bonté de cœur, d'attachement, de services et de complaisance dans les amis, pour faire en plusieurs années bien moins que ne fait quelquefois en un moment un beau visage ou une belle main !

La Bruyère, « Du cœur », in *Les Caractères.*

29 octobre

Croissez, puissances inconnues,
Montez menaçantes clameurs,
Frappez vos ailes dans les nues,
Le coq rouge chante aux dormeurs
L'erreur qui façonne les hommes
En tous les monstres que nous sommes :
Lâches, esclaves, durs tyrans
Fuit devant l'ardente lumière
Du vrai qui changera la terre
Pour des hommes libres et grands.

Louise Michel, « La clameur », *À travers la vie et la mort.*

30 octobre

Je doute que l'homme soit pourvu de tous les sens dont dispose la nature. Je vois plusieurs animaux vivre une vie entière et parfaite les uns sans voix, d'autres sans entendre. Qui sait s'il ne nous manque pas encore un, deux, trois voire plusieurs sens ? Car s'il en manque un, notre raisonnement ne peut pas en découvrir l'absence.

Michel de Montaigne, *Apologie de Raimond Sebond.*

31 octobre

I.

Le Temps ne surprend pas le sage ;
Mais du Temps le sage se rit,
Car lui seul en connaît l'usage ;
Des plaisirs que Dieu nous offrit,
Il sait embellir l'existence ;
Il sait sourire à l'espérance,
Quand l'espérance lui sourit.

II.

Le bonheur n'est pas dans la gloire,
Dans les fers dorés d'une cour,
Dans les transports de la victoire,
Mais dans la lyre et dans l'amour.
Choisissons une jeune amante,
Un luth qui lui plaise et l'enchante ;
Aimons et chantons tour à tour !

III.

« Illusions ! vaines images ! »
Nous dirons les tristes leçons
De ces mortels prétendus sages
Sur qui l'âge étend ses glaçons ;
« Le bonheur n'est point sur la terre,

Votre amour n'est qu'une chimère,
Votre lyre n'a que des sons ! »

IV.

Ah ! préférons cette chimère
À leur froide moralité ;
Fuyons leur voix triste et sévère ;
Si le mal est réalité,
Et si le bonheur est un songe,
Fixons les yeux sur le mensonge,
Pour ne pas voir la vérité.

V.

Aimons au printemps de la vie,
Afin que d'un noir repentir
L'automne ne soit point suivie ;
Ne cherchons pas dans l'avenir
Le bonheur que Dieu nous dispense ;
Quand nous n'aurons plus l'espérance,
Nous garderons le souvenir.

VI.

Jouissons de ce temps rapide
Qui laisse après lui des remords,
Si l'amour, dont l'ardeur nous guide,

N'a d'aussi rapides transports :
Profitons de l'adolescence,
Car la coupe de l'existence
Ne pétille que sur ses bords !

Gérard de Nerval, « Le Temps ».

NOVEMBRE

1er novembre

À mesure que sa taille s'était épaissie, son âme avait pris des élans plus poétiques ; et quand l'obésité l'eut clouée sur un fauteuil, sa pensée vagabonda à travers des aventures tendres dont elle se croyait l'héroïne. Elle en avait des préférées qu'elle faisait toujours revenir dans ses rêves, comme une boîte à musique dont on remonte la manivelle répète inlassablement le même air. Toutes les romances langoureuses où l'on parle de captives et d'hirondelles lui mouillaient infailliblement les paupières ; et elle aimait même certaines chansons grivoises de Béranger à cause des regrets qu'elles expriment.

Guy de Maupassant, *Une vie.*

2 novembre

Elle était assise, au milieu du banc, toute seule ; ou du moins il ne distingua personne, dans l'éblouissement que lui envoyèrent ses yeux. En même temps qu'il passait, elle leva la tête ; il fléchit involontairement les épaules ; et, quand il se fut mis plus loin, du même côté, il la regarda.

Elle avait un large chapeau de paille, avec des rubans roses qui palpitaient au vent derrière elle. Ses bandeaux noirs, contournant la pointe de ses grands sourcils, descendaient très bas et semblaient presser amoureusement l'ovale de sa figure. Sa robe de mousseline claire, tachetée de petits pois, se répandait à plis nombreux. Elle était en train de broder quelque chose ; et son nez droit, son menton, toute sa personne se découpait sur le fond de l'air bleu.

Comme elle gardait la même attitude, il fit plusieurs tours de droite et de gauche pour dissimuler sa manœuvre ; puis il se planta tout près de son ombrelle, posée contre le banc, et il affectait d'observer une chaloupe sur la rivière.

Jamais il n'avait vu cette splendeur de sa peau brune, la séduction de sa taille, ni cette finesse des doigts que la lumière traversait. Il considérait son panier à ouvrage avec ébahissement, comme une chose extraordinaire. Quels étaient son nom, sa demeure, sa vie, son passé ? Il souhaitait connaître les meubles de sa chambre, toutes les robes qu'elle avait portées, les gens qu'elle fréquentait ; et le désir de la possession physique même disparaissait sous une envie plus profonde, dans une curiosité douloureuse qui n'avait pas de limites.

Gustave Flaubert, *L'Éducation sentimentale.*

3 novembre

Depuis mon enfance il en a toujours été ainsi pour moi. Il n'est pas une seule couleur dissimulée dans le calice d'une fleur, ou la courbe d'un coquillage, à laquelle ma nature, en vertu d'une sympathie subtile avec l'âme même des choses, ne réponde pas.

Oscar Wilde, *De Profundis*.

4 novembre

Je sais qu'on n'aime pas le spectacle de la misère qu'on ne peut soulager, et que le riche même détourne les yeux du pauvre qu'il refuse de secourir ; mais ce n'est pas d'argent seulement qu'ont besoin les infortunés, et il n'y a que les paresseux de bien faire qui ne sachent faire du bien que la bourse à la main. Les consolations, les conseils, les soins, les amis, la protection sont autant de ressources que la commisération vous laisse, au défaut des richesses, pour le soulagement de l'indigent. Souvent les opprimés ne le sont que parce qu'ils manquent d'organe pour faire entendre leurs plaintes. Il ne s'agit quelquefois que d'un mot qu'ils ne peuvent dire, d'une raison qu'ils ne savent point exposer, de la porte d'un grand qu'ils ne peuvent franchir. L'intrépide appui de la vertu désintéressée suffit pour lever une infinité d'obstacles ; et l'éloquence d'un homme de bien peut effrayer la tyrannie au milieu de toute sa puissance.

Jean-Jacques Rousseau, *Julie ou la Nouvelle Héloïse.*

5 novembre

Si les hommes pouvaient, de même qu'ils semblent sentir au fond du cœur le poids dont la douleur les accable, apprendre à connaître d'où vient le mal, et pourquoi ce lourd fardeau de misère séjourne dans leur cœur, ils ne vivraient pas comme nous les voyons pour la plupart, ignorant ce qu'ils veulent l'un et l'autre, et cherchant sans cesse à changer de place comme s'ils pouvaient ainsi jeter bas leur charge.

Lucrèce, *De la nature*.

6 novembre

J'ai été plus d'une fois pris de vin, et souvent mes passions ont approché de la démence, et je ne me repens ni de l'un ni de l'autre ; car j'ai appris à concevoir comment tous les hommes extraordinaires qui ont fait quelque chose de grand, quelque chose qui semblait impossible, ont dû de tout temps être déclarés par la foule ivres et insensés. Et, dans la vie ordinaire même, n'est-il pas insupportable d'entendre dire, quand un homme fait une action tant soit peu honnête, noble et inattendue : Cet homme est ivre ou fou ? Rougissez : car c'est à vous de rougir, vous qui n'êtes ni ivres ni fous !

Goethe, *Les Souffrances du jeune Werther.*

7 novembre

Au temps des semailles, apprends ; à la moisson, enseigne ; l'hiver, jouis.
Fais passer ton chariot sur les ossements des morts.
La route de l'excès conduit au palais de la sagesse.

William Blake, *Le Mariage du Ciel et de l'Enfer.*

8 novembre

ADMIRATION (*Morale*), c'est ce sentiment qu'excite en nous la présence d'un objet, quel qu'il soit, intellectuel ou physique, auquel nous attachons quelque perfection. Si l'objet est vraiment beau, l'*admiration* dure ; si la beauté n'était qu'apparente, l'*admiration* s'évanouit par la réflexion, si l'objet est tel que plus nous l'examinons, plus nous y découvrons de perfections, l'*admiration* augmente. Nous n'admirons guère que ce qui est au-dessus de nos forces ou de nos connaissances.

Diderot, *Encyclopédie.*

9 novembre

Le pauvre gamin durant des mois allait donc rouler sur les flots ! Ses précédents voyages ne l'avaient pas effrayée. De l'Angleterre et de la Bretagne, on revenait ; mais l'Amérique, les Colonies, les îles, cela était perdu dans une région incertaine, à l'autre bout du monde.

Dès lors, Félicité pensa exclusivement à son neveu. Les jours de soleil, elle se tourmentait de la soif ; quand il faisait de l'orage, craignait pour lui la foudre. En écoutant le vent qui grondait dans la cheminée et emportait les ardoises, elle le voyait battu par cette même tempête, au somment d'un mât fracassé, tout le corps en arrière, sous une nappe d'écume ; ou bien, souvenirs de la géographie en estampes, il était mangé par les sauvages, pris dans un bois par des singes, se mourait le long d'une plage déserte. Et jamais elle ne parlait de ses inquiétudes.

Gustave Flaubert, *Un cœur simple.*

10 novembre

Le désir de la gloire n'est point différent de cet instinct que toutes les créatures ont pour leur conservation. Il semble que nous augmentons notre être, lorsque nous pouvons le porter dans la mémoire des autres : c'est une nouvelle vie que nous acquérons, et qui nous devient aussi précieuse que celle que nous avons reçue du ciel.
Mais comme tous les hommes ne sont pas également attachés à la vie, ils ne sont pas tous aussi également sensibles à la gloire.

Montesquieu, *Lettres persanes.*

11 novembre

Je prendrai par la main les deux petits enfants ;
J'aime les bois où sont les chevreuils et les faons,
Où les cerfs tachetés suivent les biches blanches
Et se dressent dans l'ombre effrayés par les branches ;
Car les fauves sont pleins d'une telle vapeur
Que le frais tremblement des feuilles leur fait peur.
Les arbres ont cela de profond qu'ils vous montrent
Que l'éden seul est vrai, que les cœurs s'y rencontrent,
Et que, hors les amours et les nids, tout est vain ;
Théocrite souvent dans le hallier divin
Crut entendre marcher doucement la ménade.
C'est là que je ferai ma lente promenade
Avec les deux marmots. J'entendrai tour à tour
Ce que Georges conseille à Jeanne, doux amour,
Et ce que Jeanne enseigne à George. En patriarche
Que mènent les enfants, je réglerai ma marche
Sur le temps que prendront leurs jeux et leurs repas,
Et sur la petitesse aimable de leurs pas.
Ils cueilleront des fleurs, ils mangeront des mûres.
Ô vaste apaisement des forêts ! ô murmures !
Avril vient calmer tout, venant tout embaumer.
Je n'ai point d'autre affaire ici-bas que d'aimer.

Victor Hugo, « Je prendrai par la main
les deux petits enfants », in *L'Art d'être grand-père.*

12 novembre

Il m'en souvient, c'était aux plages
Où m'attire un ciel du midi,
Ciel sans souillure et sans orages,
Où j'aspirais sous les feuillages
Les parfums d'un air attiédi.
Une mer qu'aucun bord n'arrête
S'étendait bleue à l'horizon ;
L'oranger, cet arbre de fête,
Neigeait par moments sur ma tête ;
Des odeurs montaient du gazon.
Tu croissais près d'une colonne
D'un temple écrasé par le temps ;
Tu lui faisais une couronne,
Tu parais son tronc monotone
Avec tes chapiteaux flottants ;
Fleur qui décore la ruine
Sans un regard pour t'admirer !
Je cueillis ta blanche étamine,
Et j'emportai sur ma poitrine
Tes parfums pour les respirer.
Aujourd'hui, ciel, temple, rivage,
Tout a disparu sans retour
Ton parfum est dans le nuage,
Et je trouve, en tournant la page,
La trace morte d'un beau jour !

Alphonse de Lamartine, « À une fleur séchée dans un album », in *Méditations poétiques*.

13 novembre

Chère Lou,

Jamais, dans mes timides tâtonnements, je n'avais autant senti l'être, autant cru à la présence et autant admis l'avenir ; tu étais l'antithèse de tous les doutes et pour moi une preuve que tout ce que tu touches, atteins et regardes existe. Le monde perdit pour moi son caractère nébuleux, cette façon flottante de se former et de se décomposer qui fut la manière et la pauvreté de mes premiers vers ; des choses advinrent, des bêtes que l'on discernait, des fleurs qui existaient ; j'appris une simplicité, j'appris avec lenteur et difficulté que tout est simple, et j'acquis la maturité pour parler des choses simples.
Et tout cela se produisit parce qu'il m'a été accordé de te rencontrer [...].

Rainer Maria Rilke, *Lettre à Lou Andreas-Salomé* (extrait), 13 novembre 1905.

14 novembre

Baïe, qui a la scarlatine, regarde l'heure à son petit coucou suisse. Elle ne sait pas bien la lire. Elle sait, par exemple, s'il est plus de deux heures, ou moins, ou s'il est deux heures. Elle connaît l'heure, dit-elle, « quand il est juste ».

On lui achète des poupées qui ne vivront que quarante jours. On les brûlera quand elle sera guérie.

Histoire mélancolique d'une poupée qu'on achète au début d'une scarlatine. Elle est dorlotée. On la peigne tous les matins. On lui fait sa toilette deux fois par jour. Elle est toujours sur un lit, jamais sur une chaise dure ou par terre. Elle est très heureuse, sauf que sa maman ne l'emmène jamais à la promenade. Enfin, elle a une joie : sa maman se lève, se fait belle, va sortir. Étonnement de la poupée qu'on ne la prépare pas, elle aussi. Sa stupéfaction quand sa maman la prend, l'embrasse, lui dit « Pauvre petite ! » et la jette au feu.

Jules Renard, *Journal*, 13 novembre 1900.

15 novembre

« Montons, dit mon oncle.
— Mais, le vertige ? répliquai-je.
— Raison de plus, il faut s'y habituer.
— Cependant…
— Viens, te dis-je, ne perdons pas de temps. » Il fallut obéir. Un gardien, qui demeurait de l'autre côté de la rue, nous remit une clef, et l'ascension commença.

Mon oncle me précédait d'un pas alerte. Je le suivais non sans terreur, car la tête me tournait avec une déplorable facilité. Je n'avais ni l'aplomb des aigles ni l'insensibilité de leurs nerfs.

Tant que nous fûmes emprisonnés dans la vis intérieure, tout alla bien ; mais après cent cinquante marches l'air vint me frapper au visage ; nous étions parvenus à la plate-forme du clocher. Là commençait l'escalier aérien, gardé par une frêle rampe, et dont les marches, de plus en plus étroites, semblaient monter vers l'infini.

« Je ne pourrai jamais ! m'écriai-je.
— Serais-tu poltron, par hasard ? Monte ! », répondit impitoyablement le professeur.

Force fut de le suivre en me cramponnant. Le grand air m'étourdissait ; je sentais le clocher osciller sous les rafales ; mes jambes se dérobaient ; je grimpai bientôt sur les genoux, puis sur le ventre ; je fermais les yeux ; j'éprouvais le mal de l'espace.

Enfin, mon oncle me tirant par le collet, j'arrivai près de la boule.
« Regarde, me dit-il, et regarde bien ! il faut prendre des leçons d'abîme ! »
Je dus ouvrir les yeux…

Jules Verne, *Voyage au centre de la Terre.*

16 novembre

Ôtez de ma portée le visage humain et tout est changé. Il était donc le seul responsable de tant de fatigue, de tant d'intolérance ? Sa bienveillance, sa courtoisie, la rapidité éblouissante de ses réflexes, et leur éloquence, – vient un moment de l'année où je n'en puis plus de les voir. Avant de le quitter je l'ai trouvé prodigieux. « Comment peut-il me sourire si longtemps ? », m'écriais-je en moi-même. Cependant je lui souriais pareillement. Nous allons jusqu'au bout de nos forces, pour la gloire machinale de mentir et ne faire de peine à personne. »

Colette, *Belles Saisons*.

17 novembre

Si l'on donne le nom de *bonheur* à quelques plaisirs répandus dans cette vie, il y a du bonheur en effet ; si on ne donne ce nom qu'à un plaisir toujours permanent, ou à une file continue et variée de sensations délicieuses, le bonheur n'est pas fait pour ce globe détraqué : cherchez ailleurs.

Voltaire, *Dictionnaire philosophique.*

18 novembre

Telle de l'Angélus, la cloche matinale
Fait dans les carrefours hurler les chiens errants,
Tel ton luth chaste et pur, trempé dans l'eau lustrale,
Ô George, a fait pousser de hideux aboiements,
Mais quand les vents sifflaient sur ta muse au front pâle,
Tu n'as pu renouer tes longs cheveux flottants ;
Tu savais que Phébé, l'Étoile virginale
Qui soulève les mers, fait baver les serpents.
Tu n'as pas répondu, même par un sourire,
À ceux qui s'épuisaient en tourments inconnus,
Pour mettre un peu de fange autour de tes pieds nus.
Comme Desdémona, t'inclinant sur ta lyre,
Quand l'orage a passé tu n'as pas écouté,
Et tes grands yeux rêveurs ne s'en sont pas douté.

Alfred de Musset, « À George Sand (II) ».

19 novembre

L'homme n'est heureux que de vouloir et d'inventer. Cela se voit dans le jeu de cartes ; il est clair, d'après les visages, que chacun contemple alors sa propre puissance de délibérer et de décider ; il y a des César de la manille, et des passages du Rubicon à chaque instant. Même dans les jeux de hasard, le joueur a tout pouvoir de risquer ou de ne pas risquer ; tantôt il ose, quel que soit le risque ; tantôt il s'abstient, quelle que soit l'espérance ; il se gouverne lui-même ; il règne. Le désir et la crainte, importuns conseillers dans les affaires ordinaires, sont ici hors du conseil, par l'impossibilité où l'on se trouve de prévoir. Aussi le jeu est-il la passion des âmes fières. Ceux qui se résignent à gagner en obéissant ne conçoivent même pas le plaisir de jouer au baccara ; mais, s'ils essaient, ils connaîtront au moins pendant un court moment l'ivresse du pouvoir.

Alain, *Propos sur le bonheur.*

20 novembre

Aimez-vous les inventeurs ? Moi, j'en raffole, alors même qu'ils n'inventent rien, ce qui est le cas de presque tous les inventeurs. J'aime leur idée fixe, le feu qui brille en leurs prunelles, leur mise débraillée.

Alphonse Allais, *Pas de bile !*

21 novembre

Minuit au vieux beffroi : l'ombre dort, et la lune
Se joue en l'aile noire et morne dont la nuit,
Sombre corbeau, nous voile. Au ciel l'étoile fuit.
– Mille voix du plaisir voltigent à moi : l'une

M'apporte ris, baisers, chants de délire : suit
Une fanfare où Strauss fait tournoyer la brune
Au pied leste, au sein nu, que sa jupe importune.
– Tes masques ! carnaval ! tes grelots ! joyeux bruit !

Et moi, je dors d'un œil, et je vous dis, Marie,
Qu'en son vase embaumé votre fleur est ravie
D'éclore sous vos mains, et tressaille au bonheur

De vivre et se faner un soir sur votre cœur !
– Ah ! d'une aurore au soir dût s'envoler ma vie
Comme un rêve, fleurette, oui, ton sort, je l'envie !

Stéphane Mallarmé, « En envoyant un pot de fleurs ».

22 novembre

ULYSSE : Malheureux que je suis ! c'est un piège nouveau que me tend l'un des dieux, quand il vient m'ordonner de quitter ce radeau. Non ! non ! je ne veux pas lui obéir encor ; mes yeux n'ont aperçu que de trop loin la terre où le sort, disait-il, me promet le salut... Il vaut mieux faire ainsi ; c'est, je crois, le plus sage ; tant que mes bois tiendront, unis par les chevilles, je vais rester dessus, endurer et souffrir ; mais sitôt que la mer brisera le plancher, je me mets à la nage ; il ne me restera rien de mieux comme espoir.

Homère, « Odyssée », in *Iliade - Odyssée*.

23 novembre

Nathanaël, je t'enseignerai la ferveur.
Nos actes s'attachent à nous comme sa lueur au phosphore.
Ils nous consument, il est vrai, mais ils nous font splendeur.
Et si notre âme a valu quelque chose, c'est qu'elle a brûlé plus ardemment que quelques autres.
Je vous ai vus, grands champs baignés de la blancheur de l'aube ; lacs bleus, je me suis baigné dans vos flots – et que chaque caresse de l'air riant m'ait fait sourire, voilà ce que je ne me lasserai pas de te redire, Nathanaël. Je t'enseignerai la ferveur.

André Gide, *Les Nourritures terrestres.*

24 novembre

Hier j'ai peint quelques études où l'on voit la cathédrale. Et j'en ai également une petite du parc. Néanmoins, je préfère peindre les yeux des hommes que les cathédrales, car dans les yeux, il y a quelque chose qu'il n'y a pas dans les cathédrales, même si elles sont majestueuses et qu'elles en imposent, l'âme d'un homme, même si c'est un pauvre gueux ou une fille de rue, est plus intéressante à mes yeux.

Vincent van Gogh (Anvers, novembre 1885),
in *Lettres à son frère Théo*.

25 novembre

Ah, combien peu de choses savez-vous de la *félicité* de l'homme, vous autres âmes confortables et bienveillantes ! – Car bonheur et malheur sont deux frères jumeaux qui ou bien grandissent ensemble ou bien, comme c'est le cas chez vous, – *demeurent petits ensemble !*

Friedrich Nietzsche, *Le Gai Savoir*,
in *Le Bonheur : anthologie.*

26 novembre

C'était à Mégara, faubourg de Carthage, dans les jardins d'Hamilcar.

Les soldats qu'il avait commandés en Sicile se donnaient un grand festin pour célébrer le jour anniversaire de la bataille d'Éryx, et comme le maître était absent et qu'ils se trouvaient nombreux, ils mangeaient et ils buvaient en pleine liberté.

Les capitaines, portant des cothurnes de bronze, s'étaient placés dans le chemin du milieu, sous un voile de pourpre à franges d'or, qui s'étendait depuis le mur des écuries jusqu'à la première terrasse du palais ; le commun des soldats était répandu sous les arbres, où l'on distinguait quantité de bâtiments à toit plat, pressoirs, celliers, magasins, boulangeries et arsenaux, avec une cour pour les éléphants, des fosses pour les bêtes féroces, une prison pour les esclaves.

Des figuiers entouraient les cuisines ; un bois de sycomores se prolongeait jusqu'à des masses de verdure, où des grenades resplendissaient parmi les touffes blanches des cotonniers ; des vignes, chargées de grappes, montaient dans le branchage des pins : un champ de roses s'épanouissait sous des platanes ; de place en place sur des gazons, se balançaient des lis ; un sable noir, mêlé à de la poudre de corail, parsemait les sentiers, et, au milieu, l'avenue des cyprès faisait d'un bout à l'autre comme une double colonnade d'obélisques verts.

Gustave Flaubert, *Salammbô.*

27 novembre

L'apparition dans le miroir est de suprême importance parce que c'est elle qui recharge la vitalité, stimule le système nerveux. Supprimez-la, et l'homme peut mourir, comme l'intoxiqué privé de cocaïne. C'est sous ce charme, pensai-je, regardant par la fenêtre, que la moitié des gens sur ce trottoir courent vers leur travail. Le matin, ils mettent chapeaux et habits sous ses agréables rayons ; ils savent que miss Smith les attend pour le thé ; aussi commencent-ils leur journée confiants, réconfortés ; entrant dans la pièce, ils se disent : « Je suis supérieur à la moitié des gens qui se trouvent ici », et c'est pour cela qu'ils parlent avec cette confiance en eux, cette assurance si lourde de répercussions sur la vie publique et qui aboutit à de si curieuses notes en marge de l'esprit individuel.

Virginia Woolf, *Une chambre à soi.*

28 novembre

Je suis bien paresseuse, n'est-ce pas, mon cher Meure ? J'en ai honte et qui plus est j'en ai des remords. Après cela ne me grondez pas, car je me punis moi-même, non pas en me flagellant comme certain curé dans un certain village, dont parle un certain journal [...] non pas dis-je en me flagellant ce qui fait du mal, mais en me reconnaissant coupable, ce qui est humiliant. Or, dans les âmes bien nées le repentir et l'humiliation sont plus pénibles que les châtiments de la justice, comme dans la peine du carcan, ce n'est pas la gêne d'un collier de force qui rend la punition cruelle, mais les huées des spectateurs, et leurs regards de mépris. Après cette lumineuse dissertation, vous devez conclure que je me couve de mon propre mépris et de mes propres *buées,* en reconnaissant que la paresse de barbouiller un papier blanc avec du noir (besogne dont je m'acquitte pourtant si bien !) l'a emporté chez moi sur le désir de vous dire mon amitié tout ce que mon amitié ressent. Laissez-moi donc le soin de m'injurier moi-même et de *m'accagner de sottises...*

George Sand, *Lettre à Charles Meure*, 10 février 1830.

29 novembre

Le sublime et le ridicule dépassent d'un pas le monde des belles apparences, car l'un et l'autre contiennent une contradiction. D'autre part ils ne sont nullement identiques à la vérité ; ils enveloppent la vérité d'un voile, sans doute plus transparent que la beauté, mais qui reste un voile. Ils forment donc comme un *monde intermédiaire* entre le beau et le vrai, dans lequel peut se réaliser l'union de Dionysos et d'Apollon. Ce monde est caractérisé par une certaine façon de jouer avec l'ivresse sans s'y laisser engloutir.

Friedrich Nietzsche, *La Naissance de la tragédie*.

30 novembre

Cher Louis,
O Daleas que j'ai hâte de venir faire les cent pas dans votre ombre. Car vous êtes aussi le baobab dans le désert, le manguier nourrisseur sous la rocaille. Parmi les races de salauds qui se sont reproduits sur ce globe de façon inconsidérée, qui en ont évincé les diplodocus, les iguanodons et les loups-garous, qui en ont sali la surface avec leurs villes, comme avec des crottes, vous êtes l'exception poétique, le vestige du paradis terrestre, la fleur bleue. Vous ressembleriez au myosotis si vous faisiez un petit effort pour manger moins...

Votre Antoine

Antoine de Saint-Exupéry, « Lettre à Louis Daléas » (extrait), in Jean-Pierre Guéno, *La Vie en toutes lettres.*

DÉCEMBRE

1er décembre

Bruxelles, décembre 1851

Une fois ceux que j'aime en sécurité, qu'importe le reste : un grenier, un lit de sangle, une chaise de paille, une table et de quoi écrire, cela me suffit.

Victor Hugo, *Choses vues.*

2 décembre

Réaliser sa propre nature : c'est ce que nous tâchons tous de faire. Les hommes sont effrayés d'eux-mêmes aujourd'hui. Ils ont oublié le plus haut de tous les devoirs, le devoir que l'on se doit à soi-même. Naturellement ils sont charitables. Ils nourrissent le pauvre et vêtent le loqueteux ; mais ils laissent crever de faim leurs âmes et vont nus. Le courage nous a quittés ; peut-être n'en eûmes-nous jamais ! La terreur de la Société, qui est la base de toute morale, la terreur de Dieu, qui est le secret de la religion : voilà les deux choses qui nous gouvernent.

Oscar Wilde, *Le Portrait de Dorian Gray.*

3 décembre

Il reste à parler d'un état de l'âme qui, ce nous semble, n'a pas encore été bien observé : c'est celui qui précède le développement des passions, lorsque nos facultés, jeunes, actives, entières, mais renfermées, ne sont exercées que sur elles-mêmes, sans but et sans objet. Plus les peuples avancent en civilisation, plus cet état du *vague* des passions augmente ; car il arrive alors une chose fort triste : le grand nombre d'exemples qu'on a sous les yeux, la multitude de livres qui traitent de l'homme et de ses sentiments rendent habile sans expérience. On est détrompé sans avoir joui ; il reste encore des désirs, et l'on a plus d'illusions. L'imagination est riche, abondante et merveilleuse ; l'existence pauvre, sèche et désenchantée. On habite avec un cœur plein un monde vide, et sans avoir usé de rien on est désabusé de tout.

François-René de Chateaubriand,
« Du vague des passions », in *Œuvres.*

4 décembre

L'homme est créé pour recevoir les impressions et les émotions que le monde doit éveiller en lui par ce corps qui est la partie visible de son être, et dont la matière sert non seulement à l'esprit invisible qui l'habite pour recevoir l'impression des premiers concepts des objets extérieurs, mais est aussi indispensable pour les répéter, les lier dans l'action intérieure, bref pour penser.

Emmanuel Kant, « Histoire générale de la nature et théorie du ciel », in *Œuvres philosophiques*.

5 décembre

Bérénice dit : « À quoi songez-vous ? Dites… tout de suite… sans réfléchir… »
Il répondit : « J'aimerais mieux me tuer que de vous répondre… »
Et cela aussi le fit tressaillir, parce que c'était hors de toutes proportions, de toute pudeur… Il se sentait la proie d'un bonheur si surprenant qu'il craignait que tout y mît un terme.
Mon Dieu, était-ce bien de tenir ainsi Bérénice ?

Louis Aragon, *Aurélien*, in *Écrits d'amour.*

6 décembre

Le ministère de la Vérité comprenait, disait-on, trois mille pièces au-dessus du niveau du sol, et des ramifications souterraines correspondantes. Disséminées dans Londres, il n'y avait que trois autres constructions d'apparence et de dimensions analogues. Elles écrasaient si complètement l'architecture environnante que, du toit du bloc de la Victoire, on pouvait les voir toutes les quatre simultanément. C'étaient les locaux des quatre ministères entre lesquels se partageait la totalité de l'appareil gouvernemental. Le ministère de la Vérité, qui s'occupait des divertissements, de l'information, de l'éducation et des beaux-arts. Le ministère de la Paix, qui s'occupait de la guerre. Le ministère de l'Amour, qui veillait au respect de la loi et de l'ordre. Le ministère de l'Abondance, qui était responsable des affaires économiques. Leurs noms, en novlangue, étaient : Miniver, Minipax, Miniamour, Miniplein.

Le ministère de l'Amour était le seul réellement effrayant. Il n'avait aucune fenêtre. Winston n'y était jamais entré et ne s'en était même jamais trouvé à moins d'un kilomètre. C'était un endroit où il était impossible de pénétrer, sauf pour affaire officielle, et on n'y arrivait qu'à travers un labyrinthe de barbelés enchevêtrés, de portes d'acier, de nids de mitrailleuses dissimulés. Même les rues qui menaient aux barrières extérieures étaient parcourues par des gardes en uniformes noirs à face de gorille, armés de matraques articulées.

George Orwell, *1984*.

7 décembre

L'espoir divin qu'à deux on parvient à former
Et qu'à deux on partage,
L'espoir d'aimer longtemps, d'aimer toujours, d'aimer
Chaque jour davantage ;
Le désir éternel, chimérique et touchant,
Que les amants soupirent,
À l'instant adorable où, tout en se cherchant,
Leurs lèvres se respirent ;

Ce désir décevant, ce cher espoir trompeur,
Jamais nous n'en parlâmes ;
Et je souffre de voir que nous en ayons peur,
Bien qu'il soit dans nos âmes.

Lorsque je te murmure, amant interrogé,
Une douce réponse,
C'est le mot : – Pour toujours ! – sur les lèvres que j'ai,
Sans que je le prononce ;

Et bien qu'un cher écho le dise dans ton cœur,
Ton silence est le même,
Alors que sur ton sein, me mourant de langueur,
Je jure que je t'aime.

Qu'importe le passé ? Qu'importe l'avenir ?
La chose la meilleure,
C'est croire que jamais elle ne doit finir,
L'illusion d'une heure.

Et quand je te dirai : – Pour toujours ! – ne fais rien
Qui dissipe ce songe,
Et que plus tendrement ton baiser sur le mien
S'appuie et se prolonge !

François Coppée, « Pour toujours », in *Le Cahier rouge.*

8 décembre

À Chartreux et à Célestins,
À Mendiants et à Dévotes,
À musards et claquepatins,
À servants et filles mignottes
Portants surcots et justes cottes,
À cuidereaux d'amour transis,
Chaussant sans méhaing fauves bottes,
Je crie à toutes gens mercis.
À fillettes montrant tétins,
Pour avoir plus largement hôtes,
À ribleurs, mouveurs de hutins
À bateleurs trayant marmottes,
À fous, folles, à sots, à sottes,
Qui s'en vont sifflant six à six
À vessies et mariottes,
Je crie à toutes gens mercis,
Sinon aux traîtres chiens mâtins
Qui m'ont fait ronger dures crôtes,
Mâcher maints soirs et maints matins,
Qu'ores je ne crains trois crottes.
Je fisse pour eux pets et rottes ;
Je ne puis, car je suis assis.
Au fort, pour éviter riottes,
Je crie à toutes gens mercis.

Qu'on leur froisse les quinze côtes
De gros maillets forts et massis,
De plombées et tels pelotes.
Je crie à toutes gens mercis.

François Villon, « Ballade de merci », in *Le Testament.*

9 décembre

Du temps que la Nature en sa verve puissante
Concevait chaque jour des enfants monstrueux,
J'eusse aimé vivre auprès d'une jeune géante,
Comme aux pieds d'une reine chat voluptueux.
J'eusse aimé voir son corps fleurir avec son âme
Et grandir librement dans ses terribles jeux ;
Deviner si son cœur couve une sombre flamme
Aux humides brouillards qui nagent dans ses yeux ;
Parcourir à loisir ses magnifiques formes ;
Ramper sur le versant de ses genoux énormes,
Et parfois en été, quand les soleils malsains,
Lasse, la font s'étendre à travers la campagne,
Dormir nonchalamment à l'ombre de ses seins,
Comme un hameau paisible au pied d'une montagne.

Charles Baudelaire, « La géante », in *Les Fleurs du mal.*

10 décembre

Maintenant, après avoir débarrassé ma conscience de tous les non-dits, ayant pris sur moi la plus rude des tâches : celle de constater que le temps est un fait,
après avoir reconnu ma dépendance du temps, ma relation à lui, mon asservissement par lui,
ayant reconnu que le temps est mon matériau de travail, mon outil de production, parfois
mon employeur – si souvent à temps partiel, et si souvent particulier !
je pose enfin la question :
Qui donc est ce temps, pour que je le serve, et volontairement, de surcroît ?
Qu'est-ce donc que le temps en général, pour qu'on le serve ?
Mon temps passera demain, comme hier celui d'un autre, comme après-demain – le tien, comme tout temps passe toujours, jusqu'à ce que le temps lui-même disparaisse.

Marina Tsvetaïeva, *Le Poète et le Temps*.

11 décembre

Tout naïvement chacun dit d'un être grognon ou hargneux qu'il connaît bien : « C'est son caractère. » Mais je ne crois pas trop aux caractères. Car, selon l'expérience, ce qui est régulièrement comprimé perd de son importance au point d'être négligeable. En présence du roi la mauvaise humeur d'un courtisan n'est pas dissimulée, elle est abolie par le vif désir de plaire ; un mouvement exclut l'autre ; si vous tendez amicalement la main, cela exclut le coup de poing. Il en est ainsi des sentiments qui tirent toute leur vivacité des gestes commencés et retenus.

Alain, *Propos sur le bonheur.*

12 décembre

On peut comparer l’angoisse au vertige. Quand l’œil vient à plonger dans un abîme, on a le vertige, ce qui vient autant de l’œil que de l’abîme, car on aurait pu ne pas y regarder. De même l’angoisse est le vertige de la liberté, qui naît parce que l’esprit veut poser la synthèse et que la liberté, plongeant alors dans son propre possible, saisit à cet instant la finitude et s’y accroche […] mais en même temps l’angoisse est la chose la plus farouchement personnelle, et nulle manifestation concrète de la liberté n’est aussi jalouse du moi que l’est le possible de n’importe quelle concrétion.

Søren Kierkegaard, *Le Concept de l’angoisse*.

13 décembre

Jamais il n'y a de sûreté à s'associer avec le puissant ; la preuve de ce que j'avance, cette courte fable va la donner.
La vache, la chèvre et la brebis résignés à l'injustice firent société avec le lion dans les pâturages des forêts. Comme ils avaient pris un cerf de grande taille, le lion parla ainsi après avoir fait les parts : « Je prends la première : vu mon titre de roi, elle m'appartient ; la seconde, puisque je suis associé, me sera reconnue par vous ; ensuite, comme je suis plus fort que vous, c'est à moi que reviendra la troisième ; malheur à qui touchera la quatrième ! »
Ainsi la proie tout entière devint le butin de la seule rapacité.

Ésope, « La vache, la chèvre et la brebis
en société avec le lion », in *Fables.*

14 décembre

Avec cinq ou six termes de l'art, et rien de plus, l'on se donne pour connaisseur en musique, en tableaux, en bâtiments et en bonne chère ; l'on croit avoir plus de plaisir qu'un autre à entendre, à voir et à manger ; l'on impose à ses semblables et l'on se trompe soi-même.

Celui qui un beau jour sait renoncer fermement ou à un grand nom, ou à une grande autorité, ou à une grande fortune, se délivre en un moment de bien des peines, de bien des veilles et quelquefois de bien des crimes.

La Bruyère, « De la cour », in *Les Caractères.*

15 décembre

Au-dessus des étangs, au-dessus des vallées,
Des montagnes, des bois, des nuages, des mers,
Par-delà le soleil, par-delà les éthers,
Par-delà les confins des sphères étoilées.

Mon esprit, tu te meus avec agilité,
Et, comme un bon nageur qui se pâme dans l'onde,
Tu sillonnes gaiement l'immensité profonde
Avec une indicible et mâle volupté.

Envole-toi bien loin de ces miasmes morbides ;
Va te purifier dans l'air supérieur,
Et bois, comme une pure et divine liqueur,
Le feu clair qui remplit les espaces limpides.

Derrière les ennuis et les vastes chagrins
Qui chargent de leur poids, l'existence brumeuse,
Heureux celui qui peut d'une aile vigoureuse
S'élancer vers les champs lumineux et sereins ;

Celui dont les pensers, comme des alouettes,
Vers les cieux le matin prennent un libre essor,
– Qui plane sur la vie, et comprend sans effort
Le langage des fleurs et des choses muettes !

Charles Baudelaire, « Élévation », in *Les Fleurs du mal.*

16 décembre

Quand je vais prendre le train, j'entends toujours des gens qui disent : « Vous n'arrivez qu'à telle heure. Comme ce voyage est long et ennuyeux ! » Le mal est qu'ils le croient ; et c'est là que notre stoïcien aurait dix fois raison quand il dit : « Supprime le jugement, tu supprimes le mal. »

Si l'on regardait les choses autrement, on serait conduit à considérer un voyage en chemin de fer comme un des plaisirs les plus vifs. Si l'on ouvrait quelque panorama où l'on verrait les couleurs du ciel et de la terre et la fuite des choses comme sur une grande roue dont le centre serait au fond de l'horizon, si l'on donnait un tel spectacle, tout le monde voudrait l'avoir vu. Et si l'inventeur réalisait aussi la trépidation du train et tous les bruits du voyage, cela paraîtrait encore plus beau.

Or toutes ces merveilles, dès que vous montez en chemin de fer, vous les avez gratis ; oui, gratis, car vous payez pour être transporté, non pour voir des vallées, des fleuves, des montagnes. La vie est pleine de ces plaisirs vifs, qui ne coûtent rien, et dont on ne jouit pas assez. Il faudrait des écriteaux dans toutes les langues et un peu partout, pour dire : « Ouvrez les yeux, prenez du plaisir. »

Alain, *Propos sur le bonheur.*

17 décembre

Un loup, étant devenu chef des autres loups, établit des lois générales portant que, tout ce que chacun aurait pris à la chasse, il le mettrait en commun et le partagerait également entre tous : de la sorte on ne verrait plus les loups, réduits à la disette, se manger les uns les autres. Mais un âne s'avança, et secouant sa crinière, dit : « C'est une belle pensée que son cœur a inspirée au loup. Mais comment se fait-il que toi-même tu aies serré dans ton repaire ton butin d'hier ? Apporte-le à la communauté et partage-le. » Le loup confondu abolit ses lois. Ceux qui semblent légiférer selon la justice ne s'en tiennent pas eux-mêmes aux lois qu'ils établissent et décrètent.

Ésope, « Le loup et l'âne », in *Fables.*

18 décembre

C'est à cause de la parole que les hommes donnent l'illusion d'être libres. S'ils faisaient – sans un mot – ce qu'ils font, on les prendrait pour des robots. En parlant, ils se trompent eux-mêmes, comme ils trompent les autres : en annonçant ce qu'ils vont exécuter, comment pourrait-on penser qu'ils ne sont pas maîtres de leurs actes ?

Emil Cioran, *De l'inconvénient d'être né.*

19 décembre

Ce n'est pas qu'il y ait en effet du bonheur, ni qu'on s'imagine que la vraie béatitude soit d'avoir l'argent qu'on peut gagner au jeu ou dans le lièvre qu'on court, on n'en voudrait pas s'il était offert. Ce n'est pas cet usage mol et paisible et qui nous laisse penser à notre malheureuse condition qu'on recherche ni les dangers de la guerre ni la peine des emplois, mais c'est le tracas qui nous détourne d'y penser et nous divertit.

Pascal, « Divertissement », in *Pensées.*

20 décembre

Or l'homme capable d'émotions artistiques se comporte à l'égard de la réalité du rêve comme le philosophe à l'égard de la réalité de l'existence. Il aime l'observer, et de près, car il tire de ces images du rêve une interprétation de la vie et il s'exerce sur ces phénomènes pour se préparer à la vie.

Friedrich Nietzsche, *La Naissance de la tragédie.*

21 décembre

Je ne crains pas les coups du sort,
Je ne crains rien, ni les supplices,
Ni la dent du serpent qui mord,
Ni le poison dans les calices,
Ni les voleurs qui fuient le jour,
Ni les sbires ni leurs complices,
Si je suis avec mon Amour.

Je me ris du bras le plus fort,
Je me moque bien des malices,
De la haine en fleur qui se tord,
Plus caressante que les lices ;
Je pourrais faire mes délices
De la guerre au bruit du tambour,
De l'épée aux froids artifices,
Si je suis avec mon Amour.

Haine qui guette et chat qui dort
N'ont point pour moi de maléfices ;
Je regarde en face la mort,
Les malheurs, les maux, les sévices ;
Je braverais, étant sans vices,
Les rois, au milieu de leur cour,
Les chefs, au front de leurs milices,
Si je suis avec mon Amour.

Germain Nouveau, « Amour », in *Valentines.*

22 décembre

J'ai voyagé et j'ai couru par toute ville ;
de ma ville d'Amour, je n'ai vu la pareille.
D'abord je n'ai point su le prix de cette ville ;
je m'en suis absenté beaucoup, par ignorance.
Hors l'amour, ce ne fut que le son d'un tambour,
tout ce que j'entendis de sons en ce bas monde ;
aux sons de ce tambour, du monde impérissable
je tombai peu à peu dans ce monde éphémère ;
âme isolée, alors, parmi les autres âmes,
je voletais tout comme un cœur désemparé.
Mais du nectar qui donne et le rire et les grâces,
comme une fleur je bus, sans lèvres ni gosier.
L'amour m'interpella : « Âme ! pars en voyage !
J'ai créé le tourment causé par ce séjour. »
Or donc j'eus beau crier : « Je ne veux pas ailleurs ! » ;
j'eus beau me plaindre et déchirer mes vêtements ;
de même qu'à présent j'évite de partir,
j'étais épouvanté de venir là-haut.
Alors me fascinant, il sut bien me séduire ;
je fus conquis par ses regards et par ses ruses.
Quand son enchantement met l'univers en branle,
que suis-je donc, moi ? moi qui suis un être infime.
Or, m'ayant fourvoyé, il me mit sur sa route :
j'aurais été sauvé, ne l'ayant pas suivie.
Je t'aurais dit comment on arrive là-haut,
Mais lorsque j'y parvins, ma plume se brisa.

Mowlavi, « L'appel de l'amour »,
in *Anthologie de la poésie persane.*

23 décembre

Décembre 1860.

Ma vie privée est précisément mon honneur. Je suis dans ce siècle, je resterai jusqu'à ma mort le protestant de la liberté d'aimer. La liberté d'aimer est le même droit que la liberté de penser ; l'une répond au cœur, l'autre à l'esprit ; ce sont les deux faces de la liberté de conscience ; elles sont au plus profond sanctuaire de l'âme humaine. Quel Dieu je crois, quelle femme j'aime, nul n'a droit de s'en informer ; la loi moins que personne. Le mariage actuel n'est pas plus le mariage que la religion actuelle n'est la religion ; ce que les aveugles d'aujourd'hui appellent adultère est identique à ce que les aveugles d'autrefois appelaient hérésie.

Victor Hugo, *Choses vues.*

24 décembre

Oui, je te désire et je pense à toi. Je t'aime plus que je ne t'aimais à Paris. Je ne puis plus rien faire, toujours je te revois dans l'atelier debout près de ton buste, les papillotes remuantes sur tes épaules blanches, ta robe bleue, ton bras, ton visage, que sais-je ? tout. Tiens, maintenant la force me circule dans le sang. Il me semble que tu es là, je suis en feu, mes nerfs vibrent.

Gustave Flaubert, *Lettre à Louise Colet* » (extrait),
8 août 1846.

25 décembre

Mon beau sapin…

26 décembre

La nature humaine était primitivement bien différente de ce qu'elle est aujourd'hui. D'abord, il y avait trois sortes d'hommes, les deux sexes qui subsistent encore, et un troisième composé des deux premiers et qui les renfermait tous deux : il s'appelait androgyne ; il a été détruit, et la seule chose qui en reste est le nom qui est en opprobre. Puis tous les hommes généralement étaient d'une figure ronde, avaient des épaules et des côtes attachées ensemble, quatre bras, quatre jambes, deux visages opposés l'un à l'autre et parfaitement semblables, sortant d'un seul cou et tenant à une seule tête, quatre oreilles, un double appareil des organes de la génération, et tout le reste dans la même proportion. Leur démarche était droite comme la nôtre, et ils n'avaient pas besoin de se tourner pour suivre tous les chemins qu'ils voulaient prendre ; quand ils voulaient aller plus vite, ils s'appuyaient de leurs huit membres, par un mouvement circulaire, comme ceux qui les pieds en l'air imitent la roue. La différence qui se trouve entre ces trois espèces d'hommes vient de la différence de leurs principes : le sexe masculin est produit par le soleil, le féminin par la terre, et celui qui est composé de deux par la lune, qui participe de la terre et du soleil. Ils tenaient de leurs principes leur figure et leur manière de se mouvoir, qui est sphérique. Leurs corps étaient robustes et leurs courages élevés, ce qui leur inspira l'audace de monter jusqu'au ciel et de combattre contre les dieux, ainsi qu'Homère l'écrit d'Éphialtès et d'Otos. Jupiter examina avec les dieux ce qu'il y avait à faire dans cette circonstance. La chose n'était pas sans difficulté : les dieux ne voulaient pas les détruire comme ils avaient fait les géants en les foudroyant, car alors le culte que les hommes leur fendaient et les temples qu'ils leur élevaient auraient aussi disparu ; et, d'un autre côté, une telle insolence ne pouvait être soufferte. Enfin, après bien des embarras, il vint une idée à Jupiter : « Je crois avoir trouvé, dit-il, un moyen de conserver les hommes et de les rendre plus retenus, c'est de diminuer leurs forces : je les séparerai en deux ; par là ils deviendront faibles ; et nous aurons encore un autre avantage, qui sera d'augmenter le nombre de ceux qui nous servent : ils marcheront droits, soutenus de deux jambes seulement ; et, si après cette punition leur audace subsiste, je les séparerai de nouveau, et ils seront réduits à marcher sur un seul pied, comme ceux qui dansent sur les outres à la fête de Bacchus. » Après cette déclaration le dieu fit la séparation qu'il venait de résoudre, et il la fit de la manière que l'on coupe les œufs lorsqu'on veut les saler, ou qu'avec un cheveu on les divise en deux parties égales. Il commanda ensuite à Apollon de guérir les plaies, et de placer le visage des hommes du côté que la séparation avait été faite, afin que la vue de ce châtiment les rendît plus modestes. Apollon obéit, mit le visage du côté indiqué, et, ramassant les peaux coupées sur ce qu'on appelle aujourd'hui le ventre, il les réunit toutes à la manière d'une bourse que l'on ferme, n'y laissant qu'une ouverture qu'on appelle le nombril. Quant aux autres plis en très grand nombre, il les polit et façonna la poitrine avec un instrument semblable à celui dont se servent les cordonniers pour polir les souliers sur la forme, et laissa seulement quelques plis sur le ventre et le nombril, comme des souvenirs de l'ancien état. Cette division étant faite, chaque moitié cherchait à rencontrer celle qui lui appartenait ; et s'étant trouvées toutes les deux, elles se joignaient avec une telle ardeur dans le désir de rentrer dans leur ancienne unité qu'elles périssaient dans cet embrassement de faim et d'inaction, ne voulant rien faire l'une sans l'autre. Quand l'une des deux périssait, celle qui restait en cherchait une autre, à laquelle elle s'unissait de nouveau, soit qu'elle fût la moitié d'une femme entière, ce qu'aujourd'hui nous autres nous appelons une femme, soit que ce fût une moitié d'homme ; et ainsi la race allait s'éteignant. Jupiter, touché de ce malheur, imagine un autre expédient. Il change de place les instruments de la génération et les met par-devant. Auparavant ils étaient par-derrière, et on concevait, et l'on répandait la semence, non l'un dans l'autre, mais à terre, comme les cigales. Il les mit donc par-devant, et de cette manière la conception se fit par la conjonction du mâle et de la femelle. Il en résulta que, si l'homme s'unissait à la femme, il engendrait et perpétuait l'espèce, et que, si le mâle s'unissait au mâle, la satiété les séparait bientôt et les renvoyait aux travaux et à tous les soins de la vie. Voilà comment l'amour est si naturel à l'homme ; l'amour nous ramène à notre nature primitive et, de deux êtres n'en faisant qu'un, rétablit en quelque sorte la nature humaine dans son ancienne perfection. Chacun de nous n'est donc qu'une moitié d'homme, moitié qui a été séparée de son tout, de la même manière que l'on sépare une sole. Ces moitiés cherchent toujours leurs moitiés.

Platon, *Le Banquet*, in *Œuvres de Platon*.

27 décembre

Je t'adore à l'égal de la voûte nocturne,
Ô vase de tristesse, ô grande taciturne,
Et t'aime d'autant plus, belle, que tu me fuis,
Et que tu me parais, ornement de mes nuits,
Plus ironiquement accumuler les lieues
Qui séparent mes bras des immensités bleues.

Je m'avance à l'attaque, et je grimpe aux assauts,
Comme après un cadavre un chœur de vermisseaux,
Et je chéris, ô bête implacable et cruelle!
Jusqu'à cette froideur par où tu m'es plus belle!

Charles Baudelaire, « Je t'adore à l'égal
de la voûte nocturne », in *Les Fleurs du mal.*

28 décembre

Qui ne doute pas acquiert peu.

Ainsi qu'une journée bien remplie donne un doux dormir, ainsi une vie bien employée donne un doux mourir.

Les petites chambres, ou habitations, maintiennent l'esprit dans le droit chemin, les grandes l'incitent à dévier.

Léonard de Vinci, in *Carnets*.

29 décembre

Se glisser dans ton ombre à la faveur de la nuit
Suivre tes pas, ton ombre à la fenêtre.
Cette ombre à la fenêtre c'est toi, ce n'est pas une autre, c'est toi.
N'ouvre pas cette fenêtre derrière les rideaux de laquelle tu bouges.
Ferme les yeux.
Je voudrais les fermer avec mes lèvres.
Mais la fenêtre s'ouvre et le vent, le vent qui balance bizarrement la flamme et le drapeau entoure ma fuite de son manteau.
La fenêtre s'ouvre : ce n'est pas toi.
Je le savais bien.

Robert Desnos, « À la faveur de la nuit », *Corps et Biens*.

30 décembre

Que veux-tu ? dis-le. S'il le faut, je vendrai mes derniers bijoux pour qu'une esclave attentive guette le désir de tes yeux, la soif quelconque de tes lèvres.
Si le lait de nos chèvres te semble fade, je louerai pour toi, comme pour une enfant, une nourrice aux mamelles gonflées qui chaque matin t'allaitera.
Si notre lit te semble rude, j'achèterai tous les coussins mous, toutes les couvertures de soie, tous les draps fourrés de plumes des marchandes amathusiennes.
Tout. Mais il faut que je te suffise, et si nous dormions sur terre, il faut que la terre te soit plus douce que le lit chaud d'une étrangère.

Pierre Louÿs, « Prières », in *Les Chansons de Bilitis.*

31 décembre

Neige. Le village dort sous une nuit blanche.

Jules Renard, *Journal*, 31 décembre 1906.

Références bibliographiques

Adonis, *La Prière et l'Épée, Essais sur la culture arabe*, trad. Leïla Khatib et Anne Wade Minkowski, Mercure de France, 1993.

Alain, *Propos sur le bonheur*, Gallimard, « Folio Essais », 1985.

Alphonse Allais, *À dire et à lire.*

—, *Pas de bile.*

—, *Pour cause de fin de bail.*

Lou Andréas-Salomé, *Éros*, trad. Henri Pelard, Minuit, 1984.

Guillaume Apollinaire, *Alcools.*

—, *Poèmes à Lou.*

Louis Aragon, *La Diane française*, Seghers, 1946.

Aristote, *Histoire des animaux*, trad. Janine Bertier, Gallimard, « Folio Essais », 1994.

Georges Bataille, *L'Érotisme*, Minuit, 2011.

Charles Baudelaire, *Les Fleurs du mal.*

Henri Bergson, *Le Rire*, PUF, « Quadrige », 2004.

William Blake, *Le Mariage du Ciel et de l'Enfer*, trad. Jacques Darras, Gallimard, « Poésie », 2013.

Mikhaïl Boulgakov, *Le Maître et Marguerite*, trad. Claude Ligny, Le Livre de poche, 1985.

Emily Brontë, *Hurlevent*, trad. Jean-Pierre Richard, Pocket, 1995.

Lewis Carroll, *De l'autre côté du miroir*, trad. Henri Bué et Paul Gilson, Archipoche, « La Bibliothèque des classiques », 2015.

François-René de Chateaubriand, *Œuvres complètes.*

Andrée Chedid, *Le Message.*

Pierre Choderlos de Laclos, *Les Liaisons dangereuses.*

Emil Cioran, *De l'inconvénient d'être né*, Gallimard, « Folio Essais », 1989.
—, *Sur les cimes du désespoir*, trad. André Vornic, Le Livre de Poche, 2009.
Colette, *Belles Saisons*.
François Coppée, *Le Cahier rouge*.
Charles Cros, *Le Collier de griffes*, Gallimard, « Poésie », 1992.
Alexandra David-Néel, *Voyages et Aventures de l'esprit*, Albin Michel, « Espaces libres », 1994.
Robert Desnos, *Chantefables et Chantefleurs*.
—, *Corps et Biens*.
—, *État de veille*.
—, *Fortunes*.
Denis Diderot, *Encyclopédie*.
Fiodor Dostoïevski, *L'Idiot*, trad. G. et G. Arout, Le Livre de Poche, 2008.
Joaquim Du Bellay, *Les Antiquités de Rome*.
—, *Les Regrets*.
Albert Einstein, *Comment je vois le monde*, trad. Maurice Solovine et Régis Hanrion, Flammarion, « Champs », 1989.
Érasme, *Éloge de la folie*, trad. Pierre de Nolhac, Flammarion, « GF », 1964.
Ésope, *Fables*.
Gustave Flaubert, *La Tentation de saint Antoine*.
—, *L'Éducation sentimentale*.
—, *Un cœur simple*.
—, *Salammbô*.
Federico García Lorca, *La Maison de Bernarda Alba*, trad. André Belamich, Gallimard, « Folio bilingue », 2015.
Théophile Gautier, *Émaux et camées*.
—, *La Comédie de la mort*.
—, *Poésies*.
Khalil Gibran, *Œuvres complètes*, trad. Jean-Pierre Dahdah, Salah Stétié, Rafic Chikhani et Alexandre Najjar, Robert Laffont, « Bouquins », 2006.
André Gide, *Les Nourritures terrestres*, Gallimard, 1942.
Goethe, *L'Âme du monde*, textes choisis et présentés par Marcel Brion, Éditions du Rocher, 1993.

—, *Les Souffrances du jeune Werther*, trad. Bernard Groethuysen, Gallimard, « Folio Classique », 1973.

Julien Green, *Le Grand Large du soir, Journal 1997-1998*, Flammarion, 2006.

Frères Grimm, *Contes choisis*.

Jean-Pierre Guéno, *La Vie en toutes lettres*, Plon, 2010.

Sacha Guitry, *Mon père avait raison*, in *Théâtre*, volume 1, Omnibus, 2012.

—, *Toutes réflexions faites*, Le Bord de l'eau, 2008.

Hegel, *Phénoménologie de l'esprit*, trad. Gwendoline Jarczyk et Pierre-Jean Labarrière, Gallimard, « Folio Essais ».

Ernest Hemingway, *Paris est une fête*, trad. Marc Saporta, Gallimard, « Folio », 1964.

Hermann Hesse, *Siddhartha*, trad. Joseph Delage, Le Livre de Poche, 2007.

Thomas Hobbes, *Léviathan*, trad. Gérard Mairet, Gallimard, « Folio Essais », 2000.

Homère, *Iliade - Odyssée*, trad. Victor Bérard et Robert Flacelière, Gallimard, « La Pléiade », 1955.

Horace, *Art poétique, ou Épître aux Pisons*, trad. de François Richard, 1931.

Victor Hugo, *L'Art d'être grand-père*.

—, *Choses vues*.

—, *Les Contemplations*.

—, *Les Feuilles d'automne*.

—, *Le Livre des Tables. Les séances spirites de Jersey*.

—, *Nouveaux Contes à Ninon*.

—, *Dernière Gerbe*, in *Œuvres complètes*.

Henry James, *Confiance*, trad. Denise Van Moppès, Le Livre de poche, 1996.

Marcel Jouhandeau, *Carnets de Don Juan, Écrits secrets II*, Arléa, 1988.

Emmanuel Kant, *Œuvres philosophiques*, trad. François Marty, Gallimard, « La Pléiade », 1980.

Søren Kierkegaard, *Le Concept de l'angoisse*, trad. Knud Ferlov et Jean-Jacques Gateau, Gallimard, « Idées », 1977.

—, *Traité du désespoir*, trad. Knud Ferlov et Jean-Jacques Gateau, Gallimard, « Idées », 1949.

Conrad Ferdinand Meyer Keller, « Le chant de la mer », in *Anthologie de la poésie allemande*, trad. Jean-Pierre Lefebvre, Gallimard, « La Pléiade », 1993.
Rudyard Kipling, *Si*, trad. André Maurois, 1918.
—, *Simples Contes des collines*, trad. Albert Savine, Théo Varlet, Nathalie Dudon, J'ai Lu, 1988.
Jean de La Bruyère, *Les Caractères*.
Louise Labé, *Sonnets*.
Diogène Laërce, *Vie, doctrines et sentences des philosophes illustres*, volume 2, trad. R. Grenaille, Flammarion, « GF », 1965.
Alphonse de Lamartine, *Méditations poétiques*.
Leconte de Lisle, *Poèmes antiques*.
Pierre Louÿs, *Les Chansons de Bilitis*.
—, *Trois Filles de leur mère*.
Lucien de Samosate, *Œuvres complètes*.
Lucrèce, *De la nature*, trad. Alfred Ernout, Les Belles Lettres, « Classiques en poche », 2009.
Machiavel, *Le Prince*, trad. Yves Lévy, Flammarion, « GF », 1980.
Stéphane Mallarmé, *Poésies*.
Marc Aurèle, *Pensées*, trad. J. Barthélemy-Saint-Hilaire, Librairie Germer-Baillière et Cie, 1876.
Guy de Maupassant, *Bel-Ami*.
—, *Le Horla*.
—, *Une vie*.
Prosper Mérimée, *Carmen*.
Louise Michel, *À travers la vie et la mort*.
—, *Le Livre du bagne*.
Michel-Ange, *Poésies*, trad. Michel Orcel, Imprimerie nationale, « La Salamandre », 2003.
Michel de Montaigne, *Apologie de Raymond Sebond*.
Montesquieu, *Lettres persanes*.
Alfred de Musset, *Correspondance*.
—, *On ne badine pas avec l'amour*.
—, *Premières poésies*.
Gérard de Nerval, *Odelettes*.
Friedrich Nietzsche, *Ainsi parlait Zarathoustra*, trad. Georges-Arthur Goldschmidt, Le Livre de Poche, 2008.

—, *Le Gai Savoir*, trad. Pierre Klossowski, in *Le Bonheur : anthologie*, Maisonneuve et Larose, 2000.
—, *La Naissance de la tragédie*, trad. Geneviève Bianquis, Gallimard, « Idées », 1970.
Anaïs Nin, *Vénus erotica*, trad. Béatrice Commengé, Le Livre de Poche, 2008.
Anna de Noailles, *Œuvre poétique complète.*
Germain Nouveau, *Valentines*, in *Œuvres poétiques.*
George Orwell, *1984*, trad. Amélie Audiberti, Gallimard, « Folio », 1976.
Ovide, *Les Métamorphoses*, trad. Georges Lafaye, Gallimard, « Folio Classique », 1992.
Pascal, *Pensées.*
Boris Pasternak, *Ma sœur, la vie*, trad. collective sous la direction d'Hélène Henry, Gallimard, « Du monde entier », 1982.
Cesare Pavese, *Le Bel Été*, trad. Michel Arnaud, Gallimard, « Folio bilingue », 2001.
Charles Perrault, *Riquet à la houppe.*
Lucie Pigache, *Poésies.*
Luigi Pirandello, *Nouvelles pour une année*, volume 1, trad. Georges Piroué, Gallimard, « Folio bilingue », 1992.
Platon, *Le Banquet*, in *Œuvres de Platon*, trad. Victor Cousin, Pichon et Didier, Libraires, Quai des Augustins, n° 47, 1831.
—, *La République*, trad. A. Bastien, Les Belles Lettres.
Plutarque, *Erotikos, dialogue sur l'amour*, trad. Christiane Zielinski, Arléa, 2011.
—, « Le Chien », in *Œuvres complètes de Plutarque*, trad. Victor Bétolaud, Hachette, 1870.
Edgar Poe, *Histoires extraordinaires et Poèmes*, trad. Charles Baudelaire, Textuel, 2015.
Marcel Proust, *À la recherche du temps perdu.*
—, *Du côté de chez Swann.*
—, *Les Plaisirs et les Jours.*
—, *Un amour de Swann.*
Raymond Radiguet, *Couleurs sans danger*, in *Œuvres.*
Henri de Régnier, *Les Médailles d'argile.*
Jules Renard, *Journal.*

Rainer Maria Rilke, *Lettres à Lou Andreas-Salomé*, trad. Dominique Laure Miermont, Mille et une nuits, 2005.
—, *Lettres à un jeune poète*, trad. Marc Buhot de Launay, Gallimard, « Poésie », 1993.
—, *Sur l'art II*, Gallimard, « La Pléiade ».
Arthur Rimbaud, *Œuvres complètes*.
Pierre de Ronsard, *Le Second Livre des amours*.
—, *Sonnets pour Hélène*.
Jean-Jacques Rousseau, *Émile ou De l'éducation*.
—, *Julie ou la Nouvelle Héloïse*.
Arthur Schopenhauer, *Aphorismes sur la sagesse dans la vie*, trad. J.-A. Cantacuzène, PUF, 2012.
—, *Le Monde comme volonté et comme représentation*, trad. Auguste Burdeau, PUF, 1998.
Sénèque, *De la constance du sage*.
William Shakespeare, *Le Marchand de Venise*, in *Œuvres complètes*, tome I, trad. Jean-Michel Déprats, Gallimard, « La Pléiade », 2013.
—, *Mesure pour mesure*, trad. Guy de Pourtalès, in *Œuvres complètes*, tome II, Gallimard, « La Pléiade », 1959.
—, *Roméo et Juliette*, trad. Pierre-Jean Jouve et Georges Pitoëff, Flammarion, « GF bilingue », 1992.
—, *Titus Andronicus*, trad. François-Victor Hugo, in *Œuvres complètes*, Tome I, Gallimard, « La Pléiade », 1959.
Sido, *Lettres à Colette*.
Jules Supervielle, *Le Forçat innocent*, Gallimard, « Poésie », 1969.
Anton Tchekhov, *Récit d'un inconnu et autres nouvelles*, trad. Édouard Parayre, Gallimard, « Folio », 2008.
—, *Platonov*, trad. André Markowicz et Françoise Morvan, Actes Sud, « Babel », 2014.
Marina Tsvetaïeva, *Le Poète et le Temps*, trad. Véronique Lossky, Le temps qu'il fait, 1989.
Vincent van Gogh, *Lettres à son frère Théo*, trad. Louis Roëdlandt, Gallimard, « L'imaginaire », 1989.
Paul Verlaine, *Chansons pour elle*.
—, *Poèmes saturniens*.
Jules Verne, *Voyage au centre de la Terre*.
François Villon, *Le Testament*.

Léonard de Vinci, *Carnets*, Le Livre mondial, 1954.
Voltaire, *Dictionnaire philosophique*.
—, *Zadig ou la Destinée*.
Oscar Wilde, *De Profundis*, trad. Jean Gattégno, Gallimard, « Folio Essais », 1991.
—, *Le Portrait de Dorian Gray*, trad. Vladimir Volkoff, Le Livre de poche, 2008.
Virginia Woolf, *Une chambre à soi*, trad. Clara Malraux, 10-18, 2001.
—, *Œuvres romanesques*, volume 1, trad. Michèle Rivoire, Gallimard, « La Pléiade », 2012.
Émile Zola, *Rome*.

Anthologies, correspondances

Anthologie de la poésie albanaise, trad. Alexandre Zotos, Comp'Act, « La polygraphe », 1998.
Anthologie de la poésie allemande, trad. Jean-Pierre Lefebvre, Gallimard, « La Pléiade », 1993.
Anthologie de la poésie persane, trad. Safa Z., Massé H. et Lazard G., Gallimard, « Connaissance de l'Orient poche », 1964.
Écrits d'amour, textes réunis par Dominique Marny, Omnibus, 2015.
Lettres des deux amants, attribuées à Héloïse et Abélard, trad. Sylvain Piron, Gallimard, 2005.
Lettres d'amour de Madame Roland, Mercure de France, « Le temps retrouvé », 2003.

Pour en savoir plus
sur les Éditions Plon
(catalogue complet, auteurs, titres,
revues de presse, vidéos, actualités…),
vous pouvez consulter notre site Internet :
www.plon.fr
et nous suivre sur les réseaux sociaux :
www.facebook.com/Editions.Plon
www.twitter.com/EditionsPlon

Composition : Soft Office

Achevé d'imprimer en octobre 2016
dans les ateliers de Normandie Roto Impression s.a.s.
61250 Lonrai
N° d'impression : 1602888
Dépôt légal : novembre 2016

Imprimé en France